KB265234

BESTSELLERWORLDBOOK 51

소녀와 죽음

막심 고리끼 지음/안정범 옮김

소담출판사

"아름다운 세상, 아름다운 이야기는
먼 곳에 있지 않습니다."

THE SELECTED WORKS OF MAXIM GORKY

Maxim Gorky

소녀는 생각한다.
'만약 인간들의 세상에서 입맞춤이
사라진다면 그 삭막한 세상을 어떻게
살 수 있을까?'

차례

[고리끼]

〈 일러두기 〉

1. 본문내 인명과 지명 표기는 가능한 한 러시아 어 발음 규칙에 따랐다.

  러시아 인의 이름에 관하여, 러시아 인의 정식 이름은 이름＋부(父)칭＋성으로 이루어진다.

  예) 이반 알렉세예비치→이반(이름)＋알렉세예비치(부칭 ; 즉, 아버지의 이름이 알렉세이임을 뜻한다.)＋부닌(성)

  ㄱ. 이반 알렉세예비치 부닌 — 공식석상에서의 호칭.

  ㄴ. 이반 알렉세예비치 — 예를 갖춘 표현(선생님 등 예를 갖추어야 할격이 있는 사이).

  ㄷ. 이반 부닌 — 일반적 호칭(신문, 잡지 등).

  ㄹ. 부닌 — 눈앞에 있는 사람을 이렇게 부르는 것은 대단한 실례. 제3자를 칭할 때. 이미 알고 있는 친근한 사이일 때는 부칭이나 성을 빼고 이름만 부른다.

  ㄱ. 이반 — 일반적으로 이렇게 부르지 않는다.

  ㄴ. 바냐(이반의 애칭) — 친근한 사이일 때.

  ㄷ. 반까(바냐의 애칭) — 아주 친근한 관계(가족, 연인, 부부 사이에서).

  ㄹ. 어렸을 때부터 불리던 별명으로도 부를 수 있다.(가족, 어릴 적 친구.)

  이렇게 러시아 인들의 이름은 생활 속에서, 그리고 작품 속에서 등장인물을 칭할 때 다양한 형태를 취한다. 결국 누구를 어떻게 부르느냐에 따라, 작가와 작중 인물 혹은 작중 인물 상호간의 관계가 드러나는 것이다.

집시 마까르 추드라

바다로부터 차갑고 습한 바람이 불어 오고 있었다. 바람은 해변을 거스르는 파도의 물결 소리를 몰아, 해변가의 풀잎들을 어루만지며 조용한 멜로디를 초원으로 퍼뜨리고 있었다. 가끔씩 강한 바람은 주름투성이 노란 나뭇잎들을 몰고 와 불꽃을 일으키며 모닥불 속으로 던져 넣었다. 그때마다 우리를 둘러싼 가을 밤안개가 부르르 몸을 떨며 뒷걸음질했고, 왼쪽으로 끝없이 펼쳐진 초원과 오른쪽에 누워 있는 드넓은 바다가 잠시나마 모습을 드러냈다. 그리고 나와 마주 앉은 늙은 집시 마까르 추드라의 모습이 드러났다. 그는 무리들로부터 50보쯤 떨어진 곳에서 자기 진영의 말들을 지키고 있었다.

　체크맨(까프까즈 지방의 남자용 상의. 역주)을 풀어 헤친 채, 불어닥치는 차가운 바람의 파도를 털북숭이 가슴으로 맞받으며 근엄한 자세로 반쯤 드러누워 있는 그는 규칙적으로 큰 파이프를 빨아 입과 코로 짙은 연기 덩어리를 내뱉고 있었다. 그러나 내게로 향한 그의 시선은 내 머리 너머 어딘가, 죽은 듯이 침묵한 초원의 어둠 속에 고정되어 있었다. 그는 날카롭게 휘몰아치는 바람에 어떤 반응도 없이 잠시도 쉬지 않고 내게 이야기하고 있었다.

　"그래, 자넨 여기저기를 떠돌아다닌다고? 그건 좋은 일이지! 여보게, 자넨 훌륭한 일을 선택했어, 그렇게 해야지. 돌아다니며 견문을 넓히고, 다 보았으면 눕고, 그리곤 죽는 거지, 그게 전부야!"

　"삶? 다른 사람들?"

　'그렇게 해야 한다.'는 그의 말에 대한 나의 반대를 회의적으로 흘려들으며 그가 계속했다.

　"에헤! 도대체 자네에게 삶이란 뭔데? 자네 자체가 바로 삶 아닌가? 다른 사람들은 자네 없이 살아 왔고, 그리고 자네 없이 살아갈 거야. 설마 자네가 누군가에게 필요하다고 생각하는 것은 아니겠지? 자넨 빵도 아니고, 지팡이도 아니야. 자넨 누구에게도 필요치 않아."

　"자넨 지금 배우고 익히는 것에 대해 말하는 건가? 그런데 자네가 사람들을 행복하게 하는 법을 배울 수 있을까? 아니야, 자넨 할 수 없어. 자네가 먼저 늙어 버릴걸. 그리곤 말하겠지, 배워야 한다고. 그러나 뭘 배운단 말인가? 모든 사람들은 자신에게 무엇이 필요한지를 알아. 조금이라도 똑똑한 사람들은 있는 것들을 취하지. 그리고 조금 멍청한 인간들은 아무것도 얻지 못하는 거야. 모든 사람들은 스스로 익히는 거라구……."

"자네들은 우스운 인간들이야. 무더기로 모여서는 서로서로를 괴롭히지. 그런데 땅 위에는 이런 곳이 얼마나 많은가."

그는 손으로 넓은 초원을 가리켰다.

"그리곤 항상 일을 하지. 무엇 때문에? 누굴 위해? 아무도 모른다네. 사람들이 경작하는 걸 보게. 그리고 생각해 보게나. 그렇게 사람들은 땀을 뚝뚝 흘리며 모든 힘을 땅에다 쏟아 붓지. 그리곤 땅 속에 누워 그 속에서 썩어 간다네. 그에게 남은 것은 아무것도 없고, 그는 자신의 영역에서 아무것도 보지 못한 채 죽어 간다네. 그렇게 태어났듯이 바보인 채로 말이야."

"그러니까, 사람은 땅을 파기 위해, 그래, 하지만 자신의 무덤을 파는 것조차 성공하지 못한 채 그렇게 죽어 가기 위해 태어나는 것이란 말인가? 자유가 무엇인지 알기나 하나? 광활한 초원을 이해하나? 바다 파도의 이야기가 인간의 심장을 활기차게 하느냔 말이야? 인간은 노예야——태어나자마자 평생을 노예로 살지. 모든 게 그래! 인간이 무엇을 할 수

· · ·
집시 마까르 추드라

있나? 만약 조금이라도 현명하다면 목매달아 죽는 수밖에.”

“그런데 나는, 보게나. 58년 동안 내가 본 것을 만약 종이 위에 쓴다면, 자네가 가지고 있는 자루 같은 걸로 천 개를 채운다 해도 모자랄 걸세. 그리고 내가 가 보지 않은 곳이 어딘지 말해 보게. 말하지 못할 걸세. 그리고 자넨 내가 얼마나 많은 곳에 가 보았는지 알지 못하네. 가고, 또 가면 그 곳엔 모든 것이 있다네. 그렇게 살아야 한다네. 한 장소에 오래 머물지 말게. 거기에 무엇이 있나? 이렇게 아침저녁으로 서로서로의 뒤를 좇으며 땅 위를 달려가는 거지. 이렇게 자네도 인생에 대한 사랑을 식지 않게 하려면 삶에 대한 근심으로부터 달아나는 거야. 그리고 생각해 보게, 삶의 애정이 식어 버리는 것, 그건 항상 있는 일이라네. 여보게, 내게도 그런 일이 있었다네. 그런 적이 있었지.”

“갈리치나에서 나는 감옥에 있었던 적이 있었네. 그 때 난 우울함에 빠져 이런 생각을 했다네.「무엇 때문에 나는 세상에 사는가?」 감옥은 지루했다네. 엄청나게 지루했지! 그리고 우울함에 마음을 빼앗긴 채 나는 창 밖의 들판을 바라보았네. 심장을 도려 내는 듯한 아픔이 느껴졌다네. 여보게, 인간이 왜 사는지 누가 말해 줄 수 있겠나. 그건 누구도 이야기해 줄 수 없다네! 그리고 이것에 대해 자신에게 물어 보는 짓을 해서도 안 되지. 살게나. 그리곤 전부지. 천천히 여기저길 왔다갔다하게. 그리고 자신의 주위를 살펴보게. 그러면 절대 슬픔이 자넬 앗아 가지 않을 걸세. 난 그 때 허리띠로

· · ·
고리끼

목을 매달 뻔했지, 이렇게.”

“난 그 때 어떤 사람과 이야기를 했었다네. 엄격한 사람이었지. 자네처럼 러시아 인이었고, 내게 내가 원하는 대로 살아선 안 되고 성경에서 말씀하신 대로 살아야 한다고 말했지. 신을 따르면, 신은 내가 원하는 모든 걸 주실 거라고. 그런데 그는 그때 듬성듬성 구멍이 난 누더기 옷차림이었네. 그래서 내가 그에게 신께 새 옷이나 부탁하라고 말했지. 그는 화를 내며 나를 내쫓아 버렸다네. 그런데 그전까지 그는 줄곧 사람들을 용서하고 사랑해야 한다고 말했단 말일세. 그렇다면 내 말이 비록 그의 자비심을 모욕했다 할지라도 날 용서했어야지. 그 또한——선생 나부랑이야! 그들은 먹는 것보다 적게 배우지. 그들은 하루에 열 번씩이나 먹는단 말일세.”

그는 모닥불에 가래침을 뱉고, 파이프에 다시 담뱃가루를 넣으며 침묵했다. 바람은 약하고 부드러웠으며, 어둠 속에서 말이 울부짖었고, 진영으로부터 부드럽고 열정적인 우크라이나 민요풍의 노래가 들려 왔다. 이건 마까르의 아름다운 딸 논까가 부르는 것이었다. 나는 언제나 뭔가 이상하게, 그리고 불만족스럽고 까다롭게 들리는 그녀의 낮은 목소리와 열정적인 음색을 기억하고 있었다. 그녀는 노래를 부르거나, ‘안녕’이라는 말만 했었다. 그녀의 거무스름한 윤기 없는 얼굴은 황녀의 오만함도 넋을 잃을 정도였고, 그림자가 드리워진 그녀의 눈동자는 자신의 아름다움을 인정하고 있었고, 자

집시 마까르 추드라

신 이외의 모든 이에 대한 경멸로 반짝이고 있었다.

마까르는 내게 파이프를 내밀었다.

"한번 피워 보게! 노래를 잘하지 않나? 그래, 그래! 저런 처녀가 자넬 사랑해 주었으면 하고 원하나? 아니라고? 좋아! 그래야지. 처녀들을 믿지 말고 될 수 있으면 그들로부터 멀리 떨어져 있게. 물론 내게도 담배를 피우는 것보다 처녀들과 입맞추는 것이 더 유쾌하고 좋은 일이지만, 여자와 입을 맞추면 가슴속의 자유가 죽는다네. 여자가 자넬 뭔가 보이지 않는 끈으로 자신과 묶어 버리면 그것을 뜯어 내기란 불가능한 일이라네. 그러면 자넨 자네 영혼을 여자에게 바치게 되지. 정말이라네! 여자를 조심하게. 그들은 항상 거짓말을 한단 말일세! 세상에서 누구보다 당신을 사랑한다고 말하지. 하지만 그녀는 머리핀으로 상처를 내고 자네 가슴을 도려 낸다네. 난 알고 있지! 난 모르는 게 없지! 여보게, 이런 이야기를 들어 본 적이 있나? 아마 없을 걸세. 자넨 지금부터 내가 하는 이야기를 잘 기억해 두게. 똑똑히 이 얘길 기억한다면 자넨 자유로운 새가 될 걸세."

"세상에 로이꼬 자바르라는 젊은 집시가 있었다네. 헝가리와 체코, 슬라바키아(유고슬라비아의 일부. 역주) 전체와, 바다 주위에 있는 모든 것이 그를 알았다네. 용감한 사람이었지! 어떤 마을에서고 다섯 명의 주민들을 보내 신에게 로이꼬를 죽여 버리겠다고 맹세하지 않은 곳이 없었다네. 그는 자기 마음대로 살았지. 만약 로이꼬에게 어떤 말〔馬〕이 마음에 들면, 그는 한 연대의 병사들이 그 말을 지킨다 해도 그 말을 타고 재간을 부렸다네! 그런 그가 과연 누군들 무서워 했겠는가? 악마가 모든 졸개들을 이끌고 그에게 온다 해도, 그는 악마의 칼을 빼앗아 버리거나 아마 심하게 욕을 해 주곤 발길질로 악마들의 낯짝을 후려쳤을 거야. 암, 그렇게 하구말구!

어쨌든 모든 진영에서는 그를 알았거나, 아니면 그에 대해 들었지. 그는 단지 말만을 사랑했고, 더 이상 아무것도 사랑하지 않았으며 오래 가지도 않았다네. 여기저기를 떠돌아다니며 무언가를 팔기도 했지만, 돈을 원하는 사람이 있으면 가져가라는 태도였지. 그에게는 소중한 것이 없었다네. 만약 자네에게 그의 심장이 필요하다면 그는 제 손으로 가슴을 갈라 심장을 꺼내 주었을 걸세. 단지 그것으로 인해 자네가 좋아진다면 말일세. 여보게, 그는 그런 사람이었다네!

그 때 우리 진영은 부꼬비나에 정착하고 있었지. 이건 9년 전의 일이라네. 한번은 어느 봄날 밤에 우리──나, 까슈뜨와 함께 싸웠던 병사 다닐로, 그리고 늙은 누르, 그리고 다른 모든 사람들, 아 그리고 다닐로의 딸인 라다는 이렇게 앉아 있었네. 자네 우리 논까를 알고 있지? 황녀 같은 아가씨지! 그런데 라다를 논까와 같은 위치에 놓는다는 것은 불가능하다네. 논까에겐 영광스러운 일이지만. 그녀, 라다에 대해서는 어떤 말로도 표현할 수가 없다네. 그녀의 아름다움은, 바이올린을 자신의 영혼처럼 느끼는 사람이 연주하는 바

· · ·
집시 마까르 추드라

이올린 소리로나 표현할 수 있을까.

그녀는 많은 젊은이들의 가슴을 태웠다네. 아, 정말 많았지! 마라바에서, 앞으로 머리칼을 내린 늙은 대지주 하나가 그녀를 보고 그 자리에서 넋을 잃었지. 말 위에 앉아 마치 발진에 걸린 사람처럼 떨며 그녀를 바라보고 있었다네. 금사로 짠 윗도리에, 옆구리에 군도를 찬 그는 축제날의 악마처럼 아름다웠지. 그 군도는 온통 보석들로 장식되어 있었고, 모자에 붙인 푸른 벨벳은 꼭 하늘을 한 조각 떼다 붙인 듯했다네. 늙고 거만한 양반이었지! 그는 한참을 바라본 후, 라다에게 말했지.「이봐, 내게 입맞춘다면 한 자루의 돈을 주지.」그러나 그녀는 얼굴을 돌려 버렸지. 그냥 그러기만 했어!「오, 내가 기분을 상하게 했다면 용서하고, 한 번만이라도 나를 부드럽게 바라봐 다오.」곧 오만함을 감추고 늙은 대지주는 그녀 발 밑으로 돈자루를 던졌지. 큰 자루였었네. 그런데 그녀는 그걸 진흙탕 속으로 차 버렸지. 그게 전부였네.

「어허, 처녀야!」그는 그렇게 말하곤 말을 채찍으로 쳤지, 먼지만 사방으로 흩어졌다네. 그리곤 다음 날 다시 나타났다네.「누가 처녀의 아버지인가?」그가 호통치며 물었고, 다닐로가 나타났지.「딸을 팔게. 그리고 원하는 만큼 돈을 가져가게.」그런데 다닐로가 말했지.「사슴 뿔은 전부 팝니다요. 하지만 까슈뜨와 함께 싸웠던 저는 제가 키우는 돼지한 마리에서부터 제 양심까지 아무것도 팔지 않지요!」그는 군도를 빼 들 기세로 포효하기 시작했다네. 그때 우리 중 누군가가 불붙은 부싯깃을 말의 귓속으로 집어넣었고, 그래서 말은 그 어른을 어디론가 데려가 버렸지. 그리고 우리는 흩어졌다네. 그리고 그 다음 날 마침내 그를 이렇게 쫓아 버렸지.

「어이, 여보게들. 신과 당신들 앞에 맹세코 내 양심은 깨끗하오. 처녀를 내 아내로 주오. 그러면 내가 가진 모든 것을 자네들과 나눠 갖겠소. 나는 아주 부자요!」 그는 바람 앞의 나리새(식물 이름. 역주)처럼 말안장 위에서 까딱거리며 애를 태우고 있었지. 우리는 생각에 잠겼지.「그러면 자, 딸아 말해 보거라.」다닐로가 조용히 말했다네.

「까마귀 둥지에 제발로 찾아들어간 독수리 암컷이 어떻게 될 것이라고 생각하시나요?」라다가 이렇게 우리에게 물었다네. 우리 모두는 다닐로와 함께 소리내어 웃었지.「장하다, 딸아! 들으셨습니까, 나리! 안되겠습니다요! 좀더 온순한 여자를 찾으시죠.」그리고 우리는 앞으로 나갔다네. 그 나리는 모자를 움켜쥐고, 그것을 땅바닥에 내팽개치고는 땅이 진동할 듯 말을 몰아 갔지. 라다는 그런 처녀였다네.

그래! 또 한 번은 우리가 밤에 이렇게 앉아 음악 소리가 초원을 따라 헤엄쳐 오는 것을 듣고 있었지. 좋은 음악이었네! 그 소리로 인해 혈관 속의 피가 뒤끓었고, 그 소리는 우리를 어딘가로 불러 냈지. 그 음악을 들으며 우리는 느꼈지. 무언가를 이룬 다음에는 더 이상 살 필요가 없고, 혹은 만약

집시 마까르 추드라

산다면 모든 땅을 다스리는 황제처럼 살아야 하는 그 무언
가, 그런 것을 원하게 하는 음악이었지.

그 때 말 한 마리가 어둠 속에서 뛰어나왔고, 말 위에 누군
가 앉아 우리에게로 다가오며 음악을 연주하고 있었지. 말은
모닥불 옆에 멈춰 섰고, 연주를 멈춘 그는 미소 지으며 우리
를 바라보았다네.

「헤이, 자바르. 그래 너로구나!」

다닐로가 기쁘게 그에게 소리쳤지. 그래 바로 그 사람이라
네. 로이꼬 자바르!

콧수염이 어깨 위까지 내려와 고수머리와 섞였고, 밝은 별
빛 같은 눈동자는 이글이글 타오르고, 미소는 바로 태양 그
자체였지. 그는 아마 말[馬]과 함께 쇠 한 덩이를 불려 만들
었을 것이네. 마치 피 속에 서 있는 듯 모닥불 속에 서서 이
를 반짝이며 미소 지었지! 만약 내가 그를 나 자신만큼 사랑
하지 않는다면 난 저주를 받을 걸세. 예전에 그는 내게 훌륭
한 말을 해 주었지. 나 또한 이 세상에 사는 사람이라고!

여보게, 보게나. 어떤 사람들이 세상에 가끔씩 존재하는
지! 그가 자네 눈을 바라본다면 그는 자네의 영혼을 채워 버
리지. 하지만 그건 자네에게 부끄러운 일이 아니라 오히려
자랑스럽기까지 하다네. 그런 사람들과 함께 있으면 자네는
더 나은 사람이 되지. 그렇지만 그런 사람들은 드물다네! 그
래, 좋아. 드물다면 그럴 수밖에. 그리고 그를 좋은 사람이
라고 치지 않는다면 세상엔 더 좋은 사람이 많았을 걸세. 그

렇다네! 자, 그럼 계속 내 말을 들어 보게나.

라다가 말했지. 「로이꼬, 잘 연주하는구나! 누가 네게 그렇게 소리 좋은 훌륭한 바이올린을 만들어 주었니?」 그러자 그가 대답했지. 「내가 만들었지! 난 이걸 나무로 만든 것이 아니라 깊이 사랑했던 처녀의 가슴으로 만들었어. 그리고 현은 나를 따랐던 그녀의 심장으로 만들었고, 바이올린은 아직 조금밖에 거짓말을 하지 않았어. 그리고 나는 바이올린 활을 손에 움켜쥘 줄 안다구!」

그 때 우리의 로이꼬가 그녀의 눈에 매혹당하지 않으려, 그녀의 눈을 흐리게 하려고 한 것은 알려진 사실이지. 그런데 그 눈은 가슴에 경련을 일으켰어. 로이꼬도 그녀의 눈을 흐리게 하는 데는 실패한 거지. 그러나 라다 또한 다른 사람들에게 그랬듯이 한눈에 그를 사로잡진 못했지. 라다는 하품을 하며 외면한 채 말했어. 「사람들 말로 자바르는 똑똑하고 날렵하다더니, 거짓말을 한 게로군!」 그리곤 저쪽으로 가 버렸다네.

「헤이, 미녀 아가씨. 넌 거친 입을 가졌구나!」 로이꼬는 말에서 내려오며 눈을 반짝였다네. 「안녕하세요, 형제들! 여기 제가 당신들께로 왔어요!」

「손님들을 부르자.」 다닐로가 그에 대한 대답으로 말했지. 서로서로 입맞추고, 이야기하고, 그리곤 잠자리에 들었지. 깊게들 잤다네. 그런데 아침에 보니 로이꼬의 머리에 헝겊조각이 붙어 있지 뭔가. 도대체 이게 뭐야? 그건 잠이 덜

· · ·

집시 마까르 추드라

깬 말이 말발굽으로 상처를 낸 것이라고 하더군.

흐흐! 우리는 그 말이 누구인지를 알았고, 몰래 미소 지었다네. 다닐로도 웃었지. 그래 과연 로이꼬가 라다에게 못 미친다고 생각하는가? 아니지, 아니야! 영혼이 좁고, 작을 때의 처녀는 아름답지 않지. 자네가 1푸드의 금을 라다의 목에 건다고 해도, 아무런 변화 없이 있는 그대로의 그녀보다 나을 건 없는 거야. 그럼, 좋아!

우리는 그 곳에서 오랫동안 살았지. 그 땐 로이꼬와 우리들 모두가 좋았지. 이런 걸 동지라고 하지! 로이꼬는 노인처럼 현명하고, 모든 것에 밝고, 러시아 어와 마쟈르(구헝가리. 역주) 어를 알았지. 그가 말할 때에는, 평생을 못 잔다 해도 그의 말을 경청했다네. 연주로 말하자면, 벼락 맞아 죽는다 해도 세상에 그처럼 연주하는 사람이 또 있을까! 활이 현들을 오갈 때면, 가슴은 떨려 오고, 한 번 더 스쳐 지나면 심장은 정신을 잃는다네. 그는 연주하며 미소 지었지. 누군가가 지금 자네에게 괴로운 신음소리 속에 도움을 청하며 칼로 심장을 도려 내는 그런 기분이라네. 그럴 때면 초원은 하늘에게 옛이야기, 슬픈 이야기를 들려 주지. 도브리 몰로제쯔(고대 영웅서사시의 주인공. 항상 정의를 위해 싸우는 거인. 역주)를 배웅하며 처녀는 울고! 도브리 몰로제쯔는 초원에서 처녀를 큰 소리로 부른다네. 그런데 갑자기――헤이! 파도처럼 살아 있는 노래가 천둥처럼 으르렁거리고, 태양은 그것들을 바라보며 음악 소리에 맞춰 하늘을 따라 춤추기 시작했다네!

여보게, 바로 이랬다네!

　각양각색의 모든 사람들이 이 노래를 이해했고, 모두가 온통 그 노래의 노예가 되어 버렸다네. 만약 그 때 로이꼬가 「모두 칼을 들어라!」 하고 외쳤다면, 모든 사람들이 그의 명령대로 칼을 집어 들고 나섰을 것이네. 그는 사람들에게 무슨 짓이든 할 수 있었고, 모두가 그를 좋아했지. 깊이들 사랑했다네. 그러나 라다만은 그를 외면했지. 그녀는 한술 더 떠 그를 비웃었다네. 그녀는 로이꼬의 가슴을 애타게 했지. 점점 더 강하게! 로이꼬는 남몰래 자신을 괴롭히며 이를 물었지. 그의 심연보다 더 어두운 눈 속에선 영혼을 무섭게 변화시키는 무언가가 날카롭게 반짝였다네. 로이꼬는 초원의 먼 곳으로 나갔고, 그의 바이올린은 아침까지 울고 또 울었다네. 그는 자유를 잃어버린 것이지. 우리는 누워 음악을 들으며 생각했지. 어떻게 될까? 그리고 우리는 두 개의 돌이 서로 맞부딪쳐선 절대 안 된다는 것을 알고 있었지. 그렇게 된다면 둘 다 상처를 입을 것이 뻔한 일이었지. 그러나 일은 그렇게 진행되어 갔다네.

　우리는 모두 모여 앉아 그것에 대해 진지하게 이야기했다네. 지루해졌지. 그리고 다닐로가 로이꼬에게 부탁했지.

　「노래해, 자바르. 마음을 즐겁게 하라구!」 그러자 로이꼬는 라다를 한번 바라보고 그녀로부터 멀리 떨어지지 않은 곳에서 얼굴을 하늘로 향하고 누워, 하늘을 바라보며 현을 두드렸지. 그렇게 바이올린이 말하기 시작했고, 그건 바로 처

· · ·
집시 마까르 추드라

녀 마음의 진심을 말하는 것이었지! 로이꼬는 노래하기 시작
했네.

　　헤이, 헤이! 가슴속에서 불이 탄다
　　아, 광활한 초원이여!
　　내 말은 바람처럼 빠르고
　　내 손은 굳셀지어다!

　벌떡 일어난 라다는 고개를 돌리고, 노래하는 로이꼬를 비
웃었다네. 그는 노을처럼 타올랐지.

　　헤이──호프, 헤이! 자, 내 친구여!
　　앞으로 나갈꺼나!
　　초원은 냉정한 안개로 옷을 입고.
　　그 곳에선 새벽이 우리를 기다리네!

　　헤이, 헤이! 날아올라 하루를 맞이하자
　　더 높은 곳으로 비상하라!
　　단지 아름다운 달빛에 갈기를
　　부딪치지 말지어다!

　그렇게 노래했지! 이제는 누구도 그렇게 노래할 수 없다
네. 그러나 라다는 마치 물을 걸러 내듯 말했다네.

「넌 그렇게 높이 날아오르지 못할 것 같아, 로이꼬. 균형을 잃고 떨어지고 말걸. 웅덩이에 코를 박고 수염을 적시게 될 거야, 두고 봐.」 로이꼬는 그녀를 짐승처럼 바라보았고, 아무 말도 하지 않았네. 한동안 자신을 진정시킨 청년은 자신에게 노래했지.

　　헤이——호프! 갑자기 낮이 몰려온다
　　그러나 우리는 너와 함께 잠들었다
　　헤이, 헤이! 그때 우리는 너와 함께
　　부끄러워 불 속에 타리라!

「이건 노래일 뿐야!」 다닐로가 말했지. 「이런 노래는 지금껏 들어 본 적이 없어. 내가 만약 거짓말을 한다면 악마가 날 파이프로 만들어도 좋아!」

늙은 누르는 수염을 쓰다듬고, 어깨를 움츠렸지. 우리 모두의 영혼에 로이꼬의 노래는 강한 인상을 심었다네. 단지 라다의 마음에만 들지 않았지.

「이렇게 하루는 모기가 웅웅거리고, 사람 흉내를 내는 독수리 울음소리가…….」 라다는 마치 눈뭉치를 집어던지듯 우리에게 말했다네.

「라다, 너 혼나고 싶니?」 다닐로가 그녀에게로 향했고, 로이꼬는 땅바닥에 모자를 집어던지며 어두운 얼굴로 말했지.

집시 마까르 추드라

「잠깐, 다닐로! 성깔있는 말에게는 쇠로 된 고삐를 걸어
야 한다고 했어. 딸을 내게 아내로 주시게!」

「뭐라고 말했나?」다닐로가 소리내어 웃었지.「할 수 있
으면 데려가게!」

「모든 것이 잘 되기를!」로이꼬는 기도하고 라다에게 말
했다네.

「자, 아가씨! 잘난 체 마시고 내 말 좀 들어 보오. 난 당
신네 처녀들을 아주 많이 보았소. 하지만 한 명도 당신처럼
내 마음을 사로잡은 사람은 없었다오. 에, 라다. 당신은 내
영혼을 매혹시켰소! 자, 어떻게 하겠소. 그렇게 되겠지. 그
러니까…… 처음부터 자신이 원해서 순순히 사람을 태워 주
는 말은 없는 법이지……! 신과, 내 명예와, 당신 아버지,
그리고 모든 사람들 앞에서 당신을 내 아내로 삼겠소. 하지
만 난 내 자유는 버리지 않겠소. 나는 자유로운 인간이고, 내
가 원하는 대로 살아갈 거요!」그리곤 이를 악물고 눈을 반
짝이며 그녀에게로 다가갔지. 우리는 그가 그녀에게로 손을
뻗는 것을 보았다네. 그리고 우리는 생각했지. 라다가 초원
의 야생말에게 고삐를 채웠구나! 그런데 우리는 갑자기 그가
손을 뒤흔들며 땅바닥으로 처박히는 것을 보았다네.

「꽈당……!」

이게 어찌 된 일인가? 마치 총알이 심장을 관통한 듯한 충
격이었네. 그런데 그건 라다가 가죽 채찍으로 그의 다리를
낚아채 자기 쪽으로 잡아당긴 것이었다네. 이렇게, 이렇게

로이꼬가 넘어진 거야.

　라다는 움직이지 않은 채 누워 소리없이 웃고 있었지. 우린 숨죽이며 지켜보고 있었지. 로이꼬는 땅바닥에 주저앉아 머리를 움켜쥐고 앉아 있었지. 마치 라다가 그의 머리를 깨 버릴까 봐 두려워하는 것처럼 말이야. 그리곤 조용히 일어나 아무도 바라보지 않은 채 초원으로 향했지. 누르는 내게 속삭였네.「그를 쫓아가 보게!」나는 초원을 가로질러 로이꼬의 뒤를 따랐지. 밤의 어둠 속에서 말일세."

　마까르는 파이프에서 재를 떨어 내고 다시 담뱃가루를 채웠다. 나는 모피 외투를 걸치고 누운 채, 태양과 바람에 검게 그을린 그의 늙은 얼굴을 바라보았다. 그는 냉엄하고 엄격하게 머리를 흔들면서 혼자말로 무언가를 중얼거렸다. 회색 콧수염이 움찔거렸고, 바람에 그의 머리칼이 헝클어졌다. 문득, 그가 벼락을 맞아 타 버린, 그러나 아직 강하고 단단한, 스스로의 힘으로 고난을 견뎌 낸 참나무를 닮았다는 생각이 들었다. 바다는 여전히 해변을 거스르고 있었고, 바람 역시 그의 속삭임을 초원으로 전하고 있었다. 논까는 이제 노래하지 않았고, 하늘을 뒤덮은 구름은 가을밤을 더욱 어둡게 만들었다.

　"로이꼬는 손을 넝쿨처럼 축 늘어뜨리고 한발한발 천천히 걸었다네. 계곡에 다다른 그는 바위 위에 앉아 소리를 질렀지. 어찌나 애절했던지 내 가슴속은 안타까움으로 피가 마를 지경이었지. 그래도 난 그에게 다가가지 않았다네. 어떤 위

· · ·
집시 마까르 추드라

로의 말로도 어떤 슬픔을 치유할 수 없지 않은가, 안 그런가? 그는 오래도록 움직이지 않은 채 앉아 있었다네.

나는 그로부터 멀지 않은 곳에 누워 있었지. 밝은 달은 초원을 온통 은빛으로 채우고 있었기에 먼 곳까지 볼 수가 있었지.

그러던 중 나는 진영으로부터 라다가 서둘러 다가오는 것을 보았다네. 난 기분이 좋아졌지!「으흐, 오만한!」나는 생각했지.「용감한 아가씨, 라다!」그녀는 그에게로 다가갔으나 그는 눈치채지 못했다네. 그녀는 그의 어깨에 손을 얹었지. 로이꼬는 부르르 떨며 손을 풀고, 고개를 들었다네. 그리곤 풀썩 뛰어올랐지. 칼! 아, 저러다가 라다를 죽이겠구나. 나는 그들을 쳐다보며 진영까지 들릴 만큼 큰 소리를 지르며 그들에게로 달려가고 싶었지. 그런데 갑자기,

「칼을 버려, 머리를 날려 버리겠어!」난 보았다네. 라다의 손에 들린 권총이 로이꼬의 이마를 겨누고 있는 것을. 악마! 난 생각했네. 이제 그들은 힘에 있어 평등하다. 이제 어떻게 될 것인가?

「들어 봐!」라다가 권총을 허리에 차고 있는 로이꼬에게 말했다네.

「난 널 죽이러 온 게 아니라 화해하러 온 거야. 칼을 버려!」로이꼬는 칼을 버리고 침울하게 그녀의 눈을 바라보았지. 여보게, 이건 정말 경이로운 광경이었다네. 두 사람이 서서 서로서로를 짐승처럼 바라보는데, 둘 다 그렇게 보기

좋고 용감한 사람들이라니. 그런 그들을 달과 나만이 똑똑히 보고 있었지.

「그래, 내 얘길 들어 봐 로이꼬. 난 널 사랑해!」라다가 말했다네. 그러자 로이꼬는 손발을 묶인 사람처럼 어깨를 움츠렸지.

「나는 젊고 용감한 사람들은 많이 보았어. 그런데 넌 그들보다 영혼이 아름답고 용감해. 그들 모두는 내가 원하기만 한다면 자신의 콧수염을 당장 밀어 버리고, 내 발 밑에서 자신을 불태울 수도 있었어. 그러나 그게 무슨 의미가 있을까? 그들은 그렇게 자신의 고통을 저버릴 수 있는 용감한 사람들이었지만, 난 그들 모두를 여자처럼 연약하게 만들 수도 있었어. 세상에 아주 용감한 집시들은 이제 얼마 남지 않았어. 얼마 되지 않는다구. 로이꼬! 난 세상에서 그 누구도 사랑한 적이 없어. 그런데, 로이꼬. 널 사랑해. 그리고 난 자유를 사랑해! 자유를…… 로이꼬, 난 너보다 자유를 더 사랑해. 그런데 난 네가 나 없이 살 수 없는 것처럼, 나 또한 너 없이 살 수 없어. 그래서 내가 원하는 건, 네 몸과 네 영혼이 내 것이 되었음 하는 거야. 듣고 있어?」로이꼬는 소리내어 웃었다네.

「그래, 듣고 있어! 네 말을 듣고 있으니 내 마음이 기쁘구나! 그래, 계속해 봐!」

「그리고 또, 로이꼬! 네가 어떻게 하더라도 널 내 것으로 만들 거야. 넌 내 것이 될 거야. 그러니까 시간 낭비하지 마.

집시 마까르 추드라

네 앞에서 내 입맞춤과 부드러움이 숨죽이며 기다리고 있어
……. 난 깊게 입맞출 거야, 로이꼬! 내 입맞춤 아래 넌 네
용감한 삶을 잊을 거야……. 그리고 그렇게 집시들을 기쁘
게 하는 너의 생생한 노래들도 이제 초원에서 들리지 않게
될 거야. 넌 부드러운 사랑의 노래를 내게, 단지 라다에게만
들려 주게 될 거야……. 그러니 시간 낭비하지 마. 넌 내일
내게, 마치 나이 많은 동지에게처럼 머리 숙여 절하는 거야.
모든 진영의 사람들이 보는 앞에서 너는 내 발 밑에 절하고,
내 오른손에 입맞춰. 그러면 난 네 아내가 되어 줄게.」

여보게, 그 악마 같은 처녀가 뭘 원했는지 알겠나! 옛날
몬테니그로 인들은 그렇게 했다고 노인들이 얘기했지만, 집
시들은 한번도 그런 적이 없었다네! 세상 어디에 이것보다
더 우스운 얘기가 있겠나. 아마 세상 구석구석을 다 뒤져도
이런 우스운 얘기는 없을 걸세.

로이꼬가 고개를 돌린 채, 초원을 향해 울부짖었다네. 숨
기려 했지만 그 순간 라다는 떨고 있었지.

「자, 그럼 내일까지 안녕. 그리고 내일, 넌 오늘 내가 시
킨 일을 할 거야? 듣고 있어, 로이꼬?」

「듣고 있어. 할 거야.」 로이꼬는 신음처럼 내뱉고 그녀에
게 손을 뻗었지……. 그녀는 그를 외면했고, 그는 바람에 부
러진 나무처럼 비틀거리더니 흐느껴 웃으며 땅바닥에 쓰러졌
다네.

이렇게 저주 받을 라다는 용감한 젊은이를 괴롭혔다네. 난

겨우 그를 정신이 들게 했지.

흐음! 어떤 악마에게 인간의 괴로움이 필요하겠는가? 누가 인간의 심장이 슬픔으로 인해 괴로워하고 신음하는 것을 좋아하겠는가? 한번 생각해 보게!

나는 진영으로 달려가 노인들에게 모든 걸 얘기했지. 우리는 곰곰이 생각한 끝에 기다리며 지켜 보기로 했지. 그리고 마침내 이렇게 되었다네.

우리 모두가 저녁 모닥불 주위에 앉았을 때, 로이꼬가 다가왔지. 그는 침울한 표정이었고, 하룻밤 사이에 엄청나게 여위어 눈자위가 푹 들어갔다네. 그는 눈을 내려뜨고 우리들에게 말했다네.

「이런 일이 있습니다, 형제들. 이 밤 제 심장을 들여다보았고, 그 속에 자유로운 옛 삶의 자리를 찾지 못했습니다. 저기 라다가 기다리고 있고, 그게 전부입니다. 여기, 아름다운 라다가 황녀처럼 미소 짓습니다! 그녀는 나보다 자신의 자유를 더 사랑하지만 나는 내 자유보다 그녀를 더 사랑합니다. 그래서 나는 모든 사람들이 그녀의 아름다움이, 그녀를 만나기 전까지 마치 처녀들과 우리들 사이에 있는 매처럼 행동했던 로이꼬 자바르를 어떻게 굴복시켰는지 볼 수 있도록 그녀의 요구대로 라다의 발 아래 머리 숙여 절하기로 결정했습니다. 그러면 그녀는 내 아내가 될 것이고, 날 애무하고 입맞출 것입니다. 그러면 난 당신들을 위해 노래 부르기를 원치 않을 것이고, 내 자유를 그리워하지도 않을 것입니다. 그렇지

집시 마까르 추드라

않소, 라다?」그는 서글픈 눈으로 라다를 바라보았지. 그녀
는 침묵한 채, 엄숙하게 고개를 끄덕이고는 손가락으로 자기
발을 가리켰다네. 우리는 아무것도 이해할 수 없었지. 심지
어 로이꼬 자바르가 처녀의 발 밑으로 무너지는 것을 보지
않기 위해 어디론가 도망치고 싶은 심정이었다네. 뭔가 안타
깝고, 서글펐고, 부끄러웠지.

「자!」라다가 로이꼬에게 소리쳤다네.

「에헤, 서두를 것 없어. 넌 절을 받게 될 거야. 벌써 기다
림에 지쳤나…….」그는 웃기 시작했다네. 그리고 쇠 부딪
치는 소리가 났지. 그는 웃고 있었네.

「이게 전부입니다, 형제들! 무엇이 남았느냐구요? 나의
라다의 심장이 그녀가 내게 보여 주었듯 그렇게 강한 것인지
맛보는 일이 남았죠. 지금 맛보겠습니다——절 용서하십시
오, 형제들!」

우리는 로이꼬가 뭘 하기를 원하는지 알아차리지 못했다
네. 그 순간 이미 라다는 땅에 누워 있었고, 그녀의 가슴에
로이꼬의 칼이 꽂혀 있었다네. 우리는 그들을 에워쌌지.

라다는 칼을 빼 저쪽으로 던졌다네. 그리곤 자신의 검은
머리채로 상처를 움켜쥐고, 미소 지으며 분명하고 큰 소리로
말했지.

「안녕, 로이꼬! 난 네가 이렇게 할 것이라는 걸 알고 있
었어!…….」그리곤 움직이지 않았다네.

여보게, 자넨 그녀를 이해할 수 있나? 내가 평생 동안 저

주 받으며 산다 해도 그녀는 악마 같은 여자였다네!

「으후! 그래 난 네 발 아래 머리 숙여 절한다. 자랑스런 내 여왕!」로이꼬는 초원이 떠나갈 듯 목청껏 외쳤다네. 그리곤 땅바닥으로 몸을 날려 죽은 라다의 발에 입술을 대고는 정신을 잃었지. 우리는 모자를 벗고, 묵묵히 서 있었다네.

여보게, 이런 돌발적인 사태 앞에 무슨 말을 할 수 있겠나? 누르는 말했지.「그를 묶어야 해!」누구도 로이꼬 자바르를 묶기 위해 나서지 않을 것이란 걸 누르도 알고 있었다네. 그는 손을 흔들며 저쪽으로 물러났지. 그런데 다닐로는 라다가 집어던진 칼을 집어 들고, 회색 콧수염을 씰룩거리며 날카롭게 로이꼬를 응시했다네. 그 칼에는 아직 라다의 피가 굳지 않았고, 날카로운 칼날은 여전히 빛나고 있었지. 그리고 한순간, 다닐로는 로이꼬에게 다가가 바로 심장과 마주한 등에 칼을 꽂았다네. 라다의 늙은 병사 다닐로는 그녀의 아버지였으니까!

「자, 이렇게 됐습니다.」다닐로에게로 몸을 돌린 로이꼬는 이렇게 분명하게 말하고 라다 쪽으로 기어갔다네.

그리고 우리는 보았지. 머리채로 가슴을 움켜쥔 채 누워 있는 라다, 그녀의 반쯤 열린 눈 속엔 푸른 하늘이 있었고, 그녀 옆엔 용감한 로이꼬 자바르가 사지를 쭉 뻗고 누워 있었지. 그의 얼굴은 고수머리에 가려 보이지 않았다네.

우리는 모두 꼿꼿이 선 채 생각했지. 늙은 다닐로의 콧수염은 떨렸고, 그의 짙은 눈썹은 일그러졌다네. 그는 하늘을

집시 마까르 추드라

바라보았고, 침묵했지. 그런데 개구리매처럼 백발이 된 누르
는 얼굴을 땅에 묻고 누워 울기 시작했다네. 그의 여윈 어깨
는 쉼없이 흔들렸지. 무언가에 대해 울어야 했지.

……길을 떠날 거라고. 그래, 자신의 길을 가게. 방향을
바꾸지 말고, 똑바로 가게. 그러면 헛되이 죽진 않을 거야.
여보게, 그게 전부라네!”

담배 쌈지 속으로 파이프를 넣은 다음 마까르는 말이 없었
고, 윗도리의 가슴팍을 풀어 헤쳤다. 빗방울이 뚝뚝 떨어졌
고, 바람은 강해졌으며 바다는 화난 듯 낮고 단조로운 소리
를 냈다. 꺼져 가는 모닥불 주위로 하나 둘씩 뒤를 이어 말들
이 다가왔고, 크고 영리한 눈으로 우리를 바라보았다. 그리
고 우리를 빽빽이 둘러싸면서 움직임 없이 멈춰 섰다.

“푸르, 푸르, 에헤이!” 마까르가 그들에게 부드럽게 소리
쳤고, 자신의 애마인 흑마의 목을 손바닥으로 두드리고는 나
를 바라보며 말했다.

“잘 시간이네!” 그리곤 윗도리로 머리를 감싸고, 힘차게
기지개를 켠 후 잠자코 있었다.

나는 잠들고 싶지 않았다. 나는 초원의 어둠을 바라보았
고, 허공 속으로 아름답고 자랑스런 라다의 모습이 위풍당당
하게 내 앞을 헤엄쳐 다녔다. 그녀는 가슴의 상처를 머리채
로 감싸쥐고 있었고, 슬픔에 떨리는 가는 손가락 사이로 핏
방울이 떨어져 내렸다. 그리고 그 핏방울들은 땅으로 떨어져
아름답게 빛나는 작은 별이 되었다.

그녀의 뒤를 용감한 젊은이 로이꼬 자바르가 따랐다. 그의 얼굴엔 숱 많은 검은 고수머리가 뒤덮여 있었고, 머리카락 사이로 차갑고 굵은 눈물방울이 떨어져 내렸다.

비가 거세졌고, 바다는 자랑스런 한 쌍의 집시——로이꼬 자바르와 늙은 병사 다닐로의 딸, 라다에 대한 음울하고 엄숙한 찬가를 노래하고 있었다.

그들 둘은 밤의 어둠 속을 조용히 에워쌌고, 아름다운 젊은이 로이꼬는 아무리 애를 써도 사랑스런 라다와 함께 밤하늘을 날아다닐 순 없었다.

집시 마까르 추드라

노파 이제르길

1

나는 이 이야기들을 아께르만 근교 베사라비에 있는 해변에서 들었다. 어느날 저녁, 나와 함께 일하고 있던 몰다비아 인들은 포도따는 일을 마치고 해변으로 향했다. 나와 노파 이제르길은 포도덩굴이 빽빽한 그늘 아래 남아 땅바닥에 누운 채, 밤의 푸른 안개 속에 바다로 향하는 사람들의 실루엣이 녹아 들어가는 것을 묵묵히 바라보고 있었다.

그들은 걸었고, 노래했고, 웃었다. 구릿빛 얼굴에 더부룩한 검은 콧수염을 하고, 숱 많은 고수머리를 어깨까지 늘어

뜨린 남자들은 짧은 윗도리와 넓은 바지 차림이었다. 아낙네
와 처녀들은 명랑하고 부드러웠으며 짙은 푸른 눈동자에 역
시 구릿빛 얼굴이었다. 비단결같이 부드러운 그들의 검은 머
리는 풀어 헤쳐져 있었고, 따뜻하고 가벼운 바람은 머리 끝
에 매달린 동전을 달그락거리게 했다.(머리를 갈래갈래 땋아
그 갈래마다 끝에 동전을 매달았던 집시들의 독특한 헤어 스타일.
역주)

거대한 파도가 일으키는 바람은 가끔씩 돌풍을 일으키며
마치 무언가 보이지 않는 것을 뛰어넘듯 넘실거려, 여인들의
머리카락을 마치 신화 속 말갈기처럼 흩날리게 했다. 이럴
때의 여자들은 터무니없는 옛날 이야기의 주인공같이 보였
다. 그들은 우리로부터 점점 더 멀어져 갔고, 밤의 환상은 그
들을 더욱 아름답게 장식했다.

누군가 바이올린을 연주했다. 처녀가 부드러운 저음으로
노래했고, 웃음소리가 들렸다.

강렬한 바다 냄새와, 잠깐 동안이었지만 충분히 비로 적셔
진 비옥한 땅의 증기가 공기 중으로 스며들었다. 아직도 하
늘 한켠엔 두껍고 괴상한 먹구름들이 어슬렁거렸다. 이 쪽엔
연기처럼 부드럽고 푸른 빛이 감도는, 그리고 저편엔 깎아지
른 절벽처럼 날카롭고 윤기 없는 거무스름한 그 먹구름들 사
이로 작은 별들이 부드럽게 반짝였다. 이 모든 소리, 냄새,
먹구름, 사람들은, 이상스레 슬프고 우울한 아름다움을 담
고 있었으며 이 모든 것들은 신비로운 이야기의 서막처럼 느

노파 이제르길

껴졌다. 그리곤 모든 것들이 제 키만큼 자라 멈춰 서서 죽어
가는 것 같았다. 잠시 모든 소음이 슬픈 여운을 남기며 사라
졌다.

"젊은인 왜 그들과 함께 가지 않수?" 머리를 흔들고는 노
파 이제르길이 물었다.

시간의 흐름은 그녀의 모든 것을 변화시켜, 예전에는 밝고
검었을 그녀의 눈동자는 흐릿하고 눈물이 고여 있었다. 그리
고 그녀의 메마른 목소리는, 이상하게 울려 퍼져 마치 노파
가 뼈를 부딪혀 소리를 내는 것처럼 갈라져 들려 왔다.

"가기 싫어서요." 나는 노파에게 말했다.

"우……! 당신들 러시아 인들은 태어날 때부터 노인네로
태어난다니까, 모두들 악마처럼 음침하지……. 젊은일 우리
처녀들이 두려워해……. 젊고 건장한데도 말일세."

달이 떠올랐다. 보름달은 크고 선홍색이었다. 달은 마치
초원의 땅 속에서 솟아나온 듯했다. 그리고 자신의 세기에
그렇게도 많은 인간의 육체를 삼키고 피를 마셔 저렇게 소담
스럽고 호사스러워진 것 같았다. 나뭇잎의 둥근 그림자가 나
와 노파를 그물처럼 감쌌다. 초원을 따라 우리로부터 왼쪽으
로 푸른 달빛을 머금은 구름 그림자들이 헤엄쳐 다녔고, 그
것들은 투명하고 밝아졌다.

"저길 보게. 저기 라라가 가는구먼!"

나는 노파의 떨고 있는 굽은 손가락이 가리키는 곳을 바라
보았고, 그 곳에서 많은 그림자들 중 더 어둡고 진한 그리고

더 낮고 빠른 그림자를 보았다. 그것은 다른 구름들보다 더 낮게 떠 있었고, 다른 것들보다 더 빠르게 움직이는, 작은 구름 덩어리로부터 떨어진 그림자였다.

"거긴 아무도 없어요!" 내가 말했다.

"젊은인 할망구보다 더 눈이 멀었구먼. 봐——저기. 시커먼 것이 초원으로 달아나잖수!"

난 다시 한 번 바라보았으나 그림자 외엔 아무것도 볼 수 없었다.

"저건 그림자예요! 그런데 왜 저걸 라라라고 부르는 거죠?"

"왜냐하면 저건 라라이기 때문이지. 그는 이제, 마치 그림자처럼 되어 버렸다오. 때가 된 게지! 천 년이나 살았으니 태양이 그의 몸뚱어리와 뼈를 말려 버렸고, 바람이 그걸 먼지로 날려 버린 게지. 이게 바로 신이 인간의 자긍심에 대해 줄 수 있는 대답인 게야!"

"무슨 일이 있었는지 얘기해 줘요!" 나는 초원에 얽힌 아름다운 옛이야기들 중 하나를 예감하며 노파에게 부탁했다.

그리고 노파는 내게 이 이야기를 들려 주었다.

"그러니까 지금부터 수천 년 전, 이 일이 일어났다우. 바다로부터 저 멀리, 아주 멀리, 이렇게 태양이 떠오르는 그 즈막에 큰 강이 있는 나라가 있었지. 아주 더운 곳이었어. 헌데 그 곳의 나뭇잎과 줄기들은 사람들이 더위를 피할 수 있을 만큼 충분한 그늘을 만들어 주었지.

· · · ·
노파 이제르길

또 그 나라의 땅은 얼마나 비옥했는지!

거기선 강한 인간의 종족이 살고 있었는데, 그 사람들은 가축을 방목했지. 그리고 맹수 사냥에 자신들의 힘과 용맹을 과시했어. 사냥 후엔 언제나 잔치가 벌어졌고, 노래를 불렀지. 물론 아가씨들과 함께 어울려서 말이우.

그런데 하루는 잔치가 한창 무르익어 갈 때쯤, 갑자기 하늘에서 날아온 독수리가 검은 머리칼의 아름다운 한 처녀를 낚아채 갔지. 눈 깜짝할 순간에 벌어진 일이었어. 그러자 사내들이 독수리를 향해 쉴 새 없이 화살을 쏘아 댔지. 헌데 안타깝게도 화살은 모두 도로 땅바닥으로 떨어졌어. 그들은 처녀를 찾아 나섰지만 헛일이었다우. 그리고 세상만사를 잊어버리듯 그 처녀에 대해서도 잊어버렸지."

노파는 한숨을 내쉬곤 말이 없었다. 그녀의 갈라진 목소리는 마치 모든 잊혀진 세기들이 그녀의 가슴속에 회상의 그늘을 만들어 내어 그것들을 중얼거리는 것처럼 들렸다. 바다는 노파의 이야기에 맞장구를 치며 바로 그 해변에서 탄생했을지도 모르는 고대의 전설 중 하나인 그 이야기의 시작을 재촉했다.

"그런데 웬걸, 20년이 지난 후 그녀가 제 발로 돌아온 게야. 그런데 기진맥진하고 여윈 그녀와 함께 20년 전의 그 처녀처럼 아름답고 굳센 젊은이가 동행했지. 사람들이 그녀에게 그 동안 어디에 있었느냐고 묻자 그녀가 말했어. 독수리가 자신을 산으로 데려가 그 곳에서 부부처럼 함께 살았다

. . .

고. 그리고 이게 바로 그의 아들이고, 아버지는 이제 없다
고. 그가 약해졌을 때, 그는 마지막으로 하늘 높이 날아올
라, 날개를 접고 그 곳으로부터 산의 뾰족한 곳을 향해 힘겹
게 뛰어내려 뾰족한 바위에 부딪혀 죽어 버렸다고…….

모두들 놀란 눈으로 독수리의 아들을 바라보았다우. 그런
데 그는 그들과 진배없는 사람이었고 단지 그의 눈만은 새들
의 황제처럼 날카롭고 근엄하다는 것을 알았지. 그래서 그와
함께 이야기를 하는데, 그는 그가 하고 싶을 때만 대답했고
아니면 침묵으로 일관했지. 헌데 종족의 연장자들이 왔을 때
에야 그는 그들과 동등한 입장에서 입을 열었지. 이것이 그
들을 모욕한 게야. 그래서 그들은 그를 아무짝에도 쓸모없는
놈이라 했어. 그리고 그에게 말했다네. 「수천 명의 너 같은
사람들과 수천 명의 너보다 두 배는 나이 많은 사람들도 우
리를 존경하고 우리에게 복종한다.」 헌데 그는 그들을 냉엄
하게 바라보며 만일 모든 사람들이 그들을 존경한다 해도 그
는 그것을 원치 않는다고 대답했어. 오!…… 그 때 그들은
몹시 화를 냈지. 그리고 냉정하게 말했어.

「우리들 사이에 그를 위한 자리는 없다. 원하는 데로 가게
해라.」

그는 웃기 시작했고, 그가 가고 싶어했던 곳으로 향했지
──그를 주의깊게 바라보고 있던 아름다운 처녀에게로 말
이야. 그리곤 그 처녀를 끌어안았지. 그 처녀는 바로 그를 심
판했던 연장자들 중 한 사람의 딸이었어. 그녀는 그가 아름

· · ·
노파 이제르길

다뤘지만 아버지가 두려워 그를 밀쳐 내고 달아나려 했지.
그러자 그는 그녀를 때리고, 그녀가 넘어지자 그녀의 가슴을
발로 밟고 섰지. 그러자 그녀의 입에서 선혈이 하늘로 솟구
쳤고, 깊은 마지막 한숨을 내쉬곤 악마의 발 아래서 죽어 버
렸어.

사람들은 공포로 얼어 버렸지. 사람들이 보는 앞에서 그는
그렇게 처녀를 죽여 버린 게야. 오랫동안 모든 사람들이 커
다란 눈으로 피묻은 입을 한 그녀와, 그 옆에 사람들을 마주
하고 선 그를 침묵 속에 바라보았지. 그는 그녀에 대한 보복
에 자랑스러운 표정이었고, 떳떳하게 고개를 들고 있었지.
얼마 후 정신을 차린 사람들이 그를 잡아 묶었고, 그 자리에
서 죽이려 했지. 헌데 그건 너무 간단한 방법이었고, 그들의
분노를 풀 수 없었어."

밤은 완연했고, 조용하고 이상한 소리들로 채워져 깊어 갔
다. 초원에서는 슬프게 들다람쥐가 휘파람 소리를 냈고, 포
도나무 잎에서는 마치 대장장이가 내는 소리처럼 탁탁 소리
가 났다. 포도 잎들은 깊은 한숨을 내쉬고 서로서로 속삭였
으며, 선홍색이었던 나뭇잎들이 달빛을 받아 땅으로 떨어지
며 창백해졌고, 푸르스름한 안개에 싸인 초원의 모든 것들이
달빛 속에 창백해졌다.

"이렇게 그들은 범죄에 합당한 벌을 내리기 위해 모였지
……. 말에 묶어 그를 찢어 버리자고 누군가 주장했지. 그런
데 이건 그들에겐 사소한 방법에 지나지 않았어. 모든 사람

들이 그에게 화살을 쏘는 것도 생각해 보았지. 하지만 이것도 거부됐어. 불에 태워 죽이는 것도 생각해 봤어. 하지만 모닥불 연기가 그가 괴로워하는 모습을 가려 버릴 게야. 그 외에도 많은 의견들이 제시되었지만, 모든 사람들의 마음에 드는 좋은 방법을 찾지 못했지. 그런데도 그의 어미는 무릎을 꿇고, 용서를 빌기 위한 눈물 한 방울, 말 한 마디 않은 채 묵묵히 서 있었다우. 그들은 오랫동안 이야기했고, 한 현자가 오랫동안 생각한 후, 말했지.

「그가 왜 그랬는지 물어나 봅시다.」

그들은 그것에 대해 물었고, 그는 대답했지.

「날 풀어 주시오! 난 묶여 있는 채로 말하지 않을 거요!」

사람들이 그를 풀었을 때, 그가 말했지.

「무엇 때문에 내가 내 행동에 대해 당신들에게 설명해야 하오!」

「우리가 이해할 수 있도록. 너, 똑똑한 너, 잘 들어! 어떻게든 넌 죽을 거야……. 그러니 그저 네가 한 짓에 대해 우리가 이해할 수 있도록 해 다오. 우리는 계속 남아 살 것이고, 우리에겐 우리가 알고 있는 것보다 더 많이 아는 것이 유용해…….」

「좋소. 비록 나 스스로도 무슨 일이 일어났는지 잘 이해하진 못하지만 말하겠소. 내가 그녀를 죽인 건 그녀가 날 밀쳐 낸 것 같았기 때문이오……. 내게는 그녀가 필요했소.」

「하지만 그녀는 네 여자가 아니잖아!」 사람들이 말했지.

「그렇다면 과연 당신들은 자신의 것들만 쓰시오? 내가 보기에 모든 사람들은 단지 팔 다리와 언어……등등만 가지고 있소. 그런데 사람들은 동물들, 여자들, 땅을 이용하오……. 그리고 다른 것들도…….」

그러자 그에게 말했지. 「사람은 자신이 취하는 모든 것에 대해 자신으로 지불한다. 자신의 지혜나 힘, 그리고 가끔은 목숨으로.」 그런데 그는 자신을 있는 그대로 보존하고 싶다고 대답했지.

오랫동안 그와 이야기했고, 마침내 그는 자신을 지상에서 제일이라고 생각하고 있으며, 자신 외에는 아무것도 보지 않는다는 것을 알게 되었지. 그리고 그가 어떤 고독을 운명으로 짊어지고 태어났는가를 사람들이 알게 되었을 때는, 모든 사람들이 심지어 두려움을 느끼기까지 했지. 그에게는 종족도, 어머니도, 가축도, 아내도 없었고 그는 이러한 것들을 원하지도 않았지.

사람들이 이것을 알았을 때, 그들은 그를 어떻게 벌 줄 것인가에 대해 토론을 시작했지. 하지만 오래 끌지 않았어. 그들의 토론을 방해하지 않으면서 현자가 말했지.

「잠깐만! 그에게 합당한 벌이 있소. 이건 무시무시한 형벌이오. 당신들은 천 년 동안을 생각해도 이런 것을 생각해 내지 못할 거요. 그에게 있어 형벌은 바로 그 자신 속에 있소! 그를 풀어 주고, 그를 자유롭게 하시오. 그것이 바로 형벌이오!」

그러자 거기서 엄청난 일이 일어났다우. 하늘에서 천둥 소리가 요란하게 울렸어——그들 위엔 먹구름 한 점 없는데도 말이야. 이건 하늘의 힘이 현자의 말을 보증한다는 징표였던 게지. 사람들은 모두 서로서로에게 인사하고 뿔뿔이 흩어졌지. 그리고 이 젊은이는 이제 라라라는 이름을 얻게 되었어. 이건 세상에서 버림받은, 내팽겨진 인간이라는 뜻이었지. 라라는 자신을 버린 사람들의 뒤에 대고 크게 웃었지. 라라는 그의 아버지처럼 자유롭게 혼자 남아 웃었지. 하지만 그의 아버지는 인간이 아니었잖아……. 그런데 그는 인간이었어. 그래, 그는 이렇게 새처럼 자유롭게 살게 되었지. 그는 종족의 마을로 가서 가축과 처녀들, 그리고 원하는 모든 것을 훔쳐 냈지. 그를 향해 활을 쏘았지만 천 벌의 껍질에 싸인 그의 몸통을 관통할 수는 없었어. 그는 날쌔고, 잔인하고, 강하고, 냉혹했으며 사람들과 얼굴을 맞대지 않았지. 단지 먼빛으로만 그를 볼 수 있었어. 고독한 그는 오랫동안 그렇게 사람들의 주위를 맴돌았다우. 아주 오랫동안……. 그러던 어느 날, 그가 사람들 가까이로 다가왔지. 그러자 사람들이 그에게 덤벼들었고, 그런데도 그는 그 자리에서 몸을 움직이지 않았고, 어떤 자세로도 자신을 방어하려는 기미를 보이지 않았지. 그 때, 사람들 중 하나가 그의 계략을 알아차리고 소리쳤어.

「그를 건드리지 마시오! 그는 죽고 싶어합니다!」

그러자 모두 멈춰 섰고, 그를 죽이려 들지 않았지. 자신들에게 악을 행한 그의 고통을 단축시키길 원치 않았던 게지. 그들은 멈춰 서서 그를 비웃었어. 그는 비웃음 소리를 들으며 몸을 떨었고, 가슴을 손으로 움켜쥐고 가슴속에서 뭔가를 찾았지. 그리곤 갑자기 돌멩이를 집어 들고 사람들에게로 돌진했지. 하지만 사람들은 그의 공격을 피할 뿐 아무런 반응도 보이지 않았지. 제풀에 지친 그가 외마디 소리를 던지며 땅바닥에 쓰러졌을 때, 사람들은 저 쪽으로 물러나 그를 바라보았지. 그는 일어나 누군가 떨어뜨린 칼을 치켜들곤 자신의 가슴을 찔렀지. 하지만 칼이 부러져 나갔어. 마치 바위를 찌른 것처럼 말이야. 그러자 그는 이번에는 땅바닥에 머리를 찧었지. 그러나 이번에도 땅만 파일 뿐 그에게 아무런 상처를 입히지 않았지.

「그는 죽지 못한다!」 사람들이 기쁨에 차 말했다우.

그리고 그를 남기곤 떠나 버렸지. 그는 하늘을 향해 누워 하늘 높이 점으로 날고 있는 강한 독수리들의 무리를 보았지. 그의 눈엔 세상의 모든 인간을 독살해 버릴 만큼의 슬픔이 끓고 있었어. 이렇게 그는 그 때부터 죽음을 기다리며 자유롭게 혼자 남게 되었지. 그리곤 이렇게 헤매고 다니지. 모든 곳을 헤매고 다녀……, 보여, 그는 이미 그림자처럼 되었고, 앞으로도 영원히 저런 모습일 게야! 그는 사람들의 말도, 행동도 아무것도 이해하지 못한다우. 그런데도 항상 찾으며, 가고, 가고, 가는 게지……. 그에겐 생명도 없고, 죽음도 없지. 그리고 사람들 사이에 그의 자리는 없는 게지. 그래 이렇게 인간의 자궁심에 대해 깜짝 놀란 게야!"

노파는 깊은 숨을 내쉬고 침묵했다. 가슴으로 숙여진 그녀의 머리는 서너 차례 이상스레 흔들렸다.

나는 그녀를 바라보았다. 꿈이 노파를 깨웠고, 내겐 왠지 그 노파가 끔찍하게도 가련하게 여겨졌다. 이야기의 마지막에 그녀는 그렇게 높고, 열정적인 목소리로 말했는데 그래도 그 속에는 소심하고 노예 같은 음색이 깔려 있었다.

해변에서 노래를 부르기 시작했다. 그러나 내게는 생경하게 들리는 노랫소리였다. 처음에는 저음이 들려 왔고, 그 목소리가 2, 3개의 음계를 부르곤 노래를 처음부터 다시 시작하는 다른 목소리가 들려 왔고, 처음 목소리는 그보다 항상 앞서 흘렀다. 세 번째, 네 번째, 다섯 번째 모두 이런 순서로 노래를 불렀다. 그리곤 갑자기 바로 그 노래를 다시 처음부터 남자 목소리의 합창으로 불렀다.

모든 여자들의 목소리는 완전히 별개의 것처럼 들려 그것들은 모두 여러 빛깔의 시냇물 같았고, 마치 어딘가 위로부터 산허리를 따라 굴러떨어지면서 폴짝폴짝 뛰어오르다가, 남자 목소리의 짙은 파도 속으로 흘러들어가는 것 같았다. 그리곤 유유히 파도 속에 가라앉았다가 다시 깨끗하고 강한 목소리들이 높이 날아올랐다.

파도의 소음은 목소리에 가려 들리지 않았다.

· · ·

노파 이제르길

2

바다로부터 산맥의 척추를 닮은 무겁고 차가운 먹구름이 떠올랐다. 그리고 그것은 초원을 기어다녔다. 그것의 정상으로부터 구름 조각들이 부서져 나갔고, 그것들 앞에서 하나둘씩 별들이 빛을 잃어 갔다. 바다는 철썩이고 있었고, 우리로부터 멀지 않은 곳의 포도나무 덩굴 숲에서 사람들이 입맞추며 속삭이는 소리가 들렸다. 초원으로부터는 개 짖는 소리가 들렸다. 대기는 코를 자극하는 이상한 냄새로 가득했으며 구름에서 떨어진 짙은 그림자가 땅 위를 기어다니다 사라지고, 또다시 나타나곤 했다. 달이 있는 자리에는 흐릿한 오팔색 얼룩만이 남아 있고, 가끔씩 그 얼룩마저도 회색빛 구름 조각에 의해 모습을 감추었다. 지금 무섭도록 어두워진 초원의 저편엔 작은 하늘색 불빛이 숨겨져 있는 듯했다. 그 곳에서 그것들은 순간적으로 나타났다가 꺼져 버려 마치 몇몇 사람이 초원 여기저기로 흩어져 무언가를 찾느라 성냥불을 켜는 순간 바람이 그것을 꺼 버리는 것 같았다. 이러한 징후는 다시금 옛날 이야기를 떠오르게 하는 징조처럼 느껴졌다.

"젊은이 저 별똥들이 보이나?" 내게 이제르길이 물었다.

"저기, 하늘색 저것들 말인가요?" 초원을 가리키며 내가 물었다.

"하늘색? 맞아 바로 그거야……. 그러니까 아직도 날아다니는 게로구먼! 그래, 그래⋯⋯. 난 이제 더 이상 그것들을 볼 수가 없어. 지금은 많은 것을 보지 못하지.”

“저 불들은 어디서 오는 건가요?” 노파에게 물었다.

나는 이 이야기들을 예전에 들은 기억이 있었지만 노파 이제르길이 어떻게 이야기하는지 듣고 싶었다.

“이 불꽃들은 단꼬의 심장으로부터 나왔지. 이 세상에 어느 날 불꽃으로 타 버린 심장이 있었다네⋯⋯. 이것들이 바로 그것에서 나온 불꽃들인 게지⋯⋯. 젊은이에게 이것에 대해 이야기해 줌세⋯⋯. 이것 또한 아주 오래 전 이야기지!⋯⋯ 이런 이야기들이 세상에 얼마나 된다고 생각하시나?⋯⋯ 그런데 지금은 이런 건 아무것도 없지. 옛날 같은 일도 없고, 사람도 없고, 이런 옛날 이야기도 없지⋯⋯. 왜 그렇다고 생각하시나? 자, 말해 보시게? 못 한다구⋯⋯. 젊은이가 아는 게 뭔가? 도대체 당신네 젊은이들이 아는 게 무언가? 에헤!⋯⋯. 이렇게 당신네들은 볼 줄도 모르고 사는 방법도 모르지⋯⋯. 내가 인생을 보지 못할 거라고 생각하시는가? 난 내 눈이 나빠도 모든 걸 본다우! 난 사람들이 살아 보지 않고, 시험만 해 보고 그리고 모든 걸 삶에다 긁어모으는 것을 본다우. 그리곤 시간을 낭비하고 스스로 자신을 망가뜨리면서 자신의 운명을 비관하지! 내가 오늘날 보는 사람들 중 강한 자는 없다우! 그들은 대체 어디에 있겠수? ⋯⋯ 그리고 아름다운 사람들도 점점 적어지지.”

노파는 삶으로부터 강하고 아름다운 사람들이 어디로 사라

노파 이제르길

지는가에 대해 깊이 생각에 잠긴 채 마치 초원에서 그 답을 찾으려는 듯 초원을 둘러보았다.

나는 그녀가 또다시 무언가에 대해 물어 와 다른 방향으로 이야기가 돌아가는 것을 염려하며 침묵한 채 묵묵히 그녀의 다음 말을 기다렸다.

마침내 그녀는 이야기를 시작했다.

3

"어느 나라의 어느 땅에 사람들이 드나들 수 없는 숲 속에 어떤 사람들이 살았다우. 그런데 그들 영토의 삼면은 숲으로 둘러싸여 있고, 나머지 한 쪽은 광활한 초원이었지. 그들은 명랑하고, 강하고, 용감한 사람들이었어. 그러던 어느 날 그들에게 힘겨운 날이 다가왔지. 어디에선가 낯선 종족이 나타나 그들을 숲 속 깊은 곳으로 쫓아 버린 게야. 그 곳엔 늪과 어둠뿐이었지. 왜냐하면 숲은 노쇠했고, 나뭇가지들이 너무 빽빽이 자라 하늘이 보이지 않았던 게지. 게다가 햇빛은 나뭇잎에 가려 겨우 늪까지의 길만을 비춰 줄 뿐이었거든. 그런데 또 햇빛이 늪의 물 위로 떨어지면 악취가 안개처럼 피어 올라 그 악취로 사람들이 차례차례 죽어 갔다우. 그러자 아녀자들과 아이들은 울기 시작했고, 사내들은 우울한 기분에 휩싸여 생각에 잠겼지. 어떻게든 이 숲을 빠져 나가야 했고, 그러기 위해선 두 가지 방법밖에 없었지. 하나는 되돌아가는 것과, 다른 하나는 계속 나가는 것이었지. 그런데 두 가지 방법 모두 다 그들에겐 불가능해 보였어. 되돌아가자니 힘세고 악독한 적들이 떡 버티고 있지, 그렇다고 계속 가자니 그 곳엔 굵은 뿌리를 진흙 속에 박고 서로 끌어안듯이 서 있는 엄청나게 거대한 나무들이 서 있지. 이 돌 같은 나무들은 묵묵히 움직임 없이, 낮에는 축축한 안개 속에 서 있고, 밤에 모닥불이 타오를 때면 사람들 주위를 더욱 빽빽하게 조여 왔다네. 그리고 낮이나 밤이나 그들 주위엔 짙은 어둠이 깔려 있었는데, 그것은 마치 그들을 숨막혀 죽게 하려는 것 같았지. 광활한 초원에 익숙해 있던 그들에게는 더할 수 없는 고통이었던 게야. 게다가 더 끔찍했던 것은 바람이 나무 꼭대기에서 불어 댈 때면 온 숲이 마치 그들에게 장송곡을 불러 주며 위협하는 것 같은 소리를 냈던 거라우. 그래도 그들은 용감한 사람들이라, 어느 날 갑자기 그들을 쫓아 낸 사람들과 목숨을 걸고 싸우러 갈 수도 있었지만, 그들은 그 전투에서 죽을 수 없었지. 왜냐하면 그들의 선조들이 남긴 유훈이 있었던 게야. 만약 그들이 죽어 버린다면 그들의 삶과 유훈을 저버리는 결과가 되기 때문이지. 그래서 그들은 긴 밤 내내 숲의 둔탁한 소음과 늪의 독기어린 악취 속에 앉아 생각했지. 그들은 앉아 있었고, 그들 주위를 모닥불의 그림자들이 소리없이 춤추며 뛰어다녔지. 그들에게는 그림자가 춤추는 것이 아니라, 숲과 늪의 악한 영혼이 어떤 의식을 진행하는 것처럼 여겨졌지…… . 사람들은 모두 앉아 생각했지. 그들의 우울한 생각은 힘든 일이나 여자나 그 밖의 무엇보다도 그들을 지치게 했을 게야…… . 그리고 사람들은 생각으로 인해 약해져 버렸지…… . 그리하여 그들 사이엔 공포가 태어났고, 그들의 강한 손에 사슬이 채워지고, 악취로 죽어 가는 사람들의 시체와, 공포에 휩싸인 사람들의 운명 앞에서 여자들은 통곡으로 더욱 두려운 공포를 낳았지. 그리고 숲에서는 비겁한 말들이 들리기 시작했지. 처음에는 아주 작고 소심하게 들렸지만, 차츰 점점 더 커지고 커져 갔지…… . 이 때 단꼬가 그 곳에 나타나 혼자서 모든 사람들을 구한 게야.”

노파는 자주 단꼬에 대해서 이야기했음이 분명했다. 그녀는 이야기할 때 곡조를 넣어 가며 그때그때의 분위기에 맞췄으며, 그녀의 갈라진 듯한 낮은 목소리는 내 앞에 숲의 소음과 늪의 독기어린 악취 속에 겁에 질린 사람들의 죽어 가는 모습을 선명하게 그려 냈다.

“단꼬는 그들 중 한 사람으로 젊고 잘생긴 젊은이였다우. 아름다운 사람들은 모두 용감하지. 그래서 그는 이렇게 자신의 동료들에게 말했지.

「생각만으로는 길을 막고 있는 바위를 치워 버릴 수 없습니다. 아무것도 하지 않는다면 아무것도 달라지지 않는 거죠. 무엇 때문에 우리가 시간을 낭비해야 합니까? 일어들 나세요, 숲을 지나갑시다. 숲도 반드시 끝이 있을 겁니다. 세상의 모든 것엔 끝이 있듯이 말이에요! 자! 갑시다! 헤이!……」

　사람들은 그를 바라보았고, 그가 모든 사람들 중 가장 낫다는 것을 알게 되었지. 왜냐하면 그의 눈동자엔 강한 힘과 생생한 불꽃이 빛나고 있었거든.

「그럼 자네가 우리를 인도하게!」 그들이 말했지.

　그래서 그가 그들을 이끌게 되었지……."

　노파는 잠시 침묵한 채 어둠이 더욱 깊어진 초원을 바라보았다. 단꼬의 뜨거운 심장에서 나온 불똥들이 어딘가 멀리서 타올랐고, 그 모습은 단지 순간적으로만 피어 오르는 하늘색 공기꽃 같았다.

　"그들은 모두 사이좋게 단꼬가 이끄는 대로 따랐지. 그를 믿었던 게야. 그러나 그건 힘든 여정이었어! 어두웠고, 그래서 매 걸음마다 늪은 사람들을 삼키며 썩은 입을 탐욕스럽게 벌렸고, 나무들은 강한 벽처럼 그들을 막아 섰지. 나뭇가지들은 서로서로 얽혀 있었고, 뿌리는 뱀처럼 사방으로 뻗어 있어 사람들은 걸음을 옮길 때마다 비지땀과 피를 흘렸지. 그러나 그들은 오랫동안 걸었지……. 숲이 점점 깊어질수록 그들은 힘을 잃어 갔지! 그러자 사람들은 젊고 경험 없는 그가 자신들을 어디론가 이끈다는 건 터무니없는 짓이라고 단꼬에 대해 불평하기 시작했어. 그러나 그는 그들보다 앞장서서 걷고 있었고, 생기있고 분명했지.

　그러던 어느 날, 소나기가 숲 위에서 요란하게 울려 나무들이 음산하고 위협적으로 속삭이기 시작한 그런 날이었어.

그때의 숲은 마치 태초의 어둠처럼 그렇게 어두웠지. 큰 나무들 사이로 어린아이들도 위협적인 천둥의 굉음 아래 걸었지. 모든 사람들이 비척거리며 걸을 때, 거목들은 삐걱거리는 소리를 냈고, 성난 소음들이 주위를 윙윙거렸지. 그리고 그 무서운 번개는 숲의 정상을 날며 순간적으로 숲 전체를 푸르고 차가운 불빛으로 비추었고, 그렇게 사람들을 놀라게 하며 나타난 것처럼 순간적으로 사라져 버렸지. 그런데 그 번갯불의 차가운 빛을 받은 나무들은 마치 살아 있는 것처럼 사람들에게 손을 겹겹이 뻗어 그물 모양으로 그들을 가둬 두려는 듯했지. 그 그물 같은 어둠 속을 걷는 사람들을, 어떤 이상하고 어둡고 차가운 것이 바라보고 있었지. 얼마 후 힘든 여정에 지친 사람들은 그것의 영혼에 함락되고 말았어. 그래서 그들은 마침내 그들을 제대로 이끌지 못하는 단꼬의 능력 없음에 대해 질책하기 시작했지.

그들은 숲의 장엄한 소음 아래 멈춰 섰지. 떨리는 어둠 속에서, 피로에 지치고 악에 받친 그들은 단꼬를 심판하기 시작한 게야.

「단꼬!」 그들이 말했지.

「자넨 우리에게 쓸모없고, 해로운 인간이야! 자넨 잘난 체하며 우리를 이끌었지만 길도 찾아 내지 못하고 우리를 기진맥진하게 만들었어. 자넨 죽어 마땅해!」

「당신들이 말했잖소 〈자네가 인도하게!〉라고 말이오. 그래서 나는 당신들을 이끌었을 뿐이오!」 단꼬가 그들과 가슴을 맞대고 멈춰 서서 소리쳤지.

「내게는 당신들을 이끌어 갈 수 있는 용감함이 있소. 그래
서 난 당신들을 이끈 게요! 그런데 당신들은? 당신들은 무
엇을 했소? 당신들은 그저 걸었을 뿐, 더 긴 여정에 대비해
힘을 아낄 줄 몰랐소. 당신들은 그저 양떼처럼 걸었을 뿐이
지!」

그런데 단꼬의 이 말은 그들을 더욱 화나게 만들었어.

「넌 죽을 거야! 죽어야 해!」그들은 으르렁거렸지.

그런데 숲은 그들의 외침을 따라하며 더욱 음산한 소리를
냈고, 번개는 어둠을 시퍼런 칼날로 조각내 버렸지. 단꼬는
그 때 그가 힘들게 이끌어 온 그들이 짐승처럼 변해 있음을
보았지. 많은 사람들은 그의 주위를 에워싸기 시작했고, 그
들의 얼굴에는 증오의 빛이 어려 있었지. 그 때 단꼬의 심장
에서는 분노가 끓어올랐지만, 사람들에 대한 연민으로 그 분
노는 곧 사그라들었지. 그는 사람들을 좋아했고, 만일 자신
이 없다면 사람들이 모두 죽어 버릴 수도 있겠다고 생각했
어. 그래서 그의 가슴은 그들을 구하고 싶다는, 사람들을 편
안한 길로 인도하고 싶다는 열망으로 가득했지. 그의 눈은
그 열망으로 타오르고 있었어.

그런데 사람들은 그의 모습을 보고, 그가 사나워져서 눈이
그렇게 이글이글 타오른다고 생각하게 되었지. 그런 생각이
들자, 그들은 그의 대항을 내심 기대하며 늑대 같은 눈으로
그를 겹겹이 에워쌌지. 그러나 단꼬는 이미 그들의 그러한

노파 이제르길

생각을 간파하고 있었고, 그의 심장은 더욱 환하게 타올랐지. 그는 그들을 가엾게 생각했어. 그래서 단꼬는 우울했던 게야.

그런데 숲은 자신의 음산한 노래를 계속 불러 댔지. 천둥은 으르렁거렸고, 비가 내렸어.

「이들을 위해 무엇을 할 것인가!」 천둥보다 더 큰 소리로 단꼬가 소리쳤어.

그리곤 돌연 자신의 손으로 가슴을 가르고, 심장을 뜯어 내 머리 위로 높이 들어 올렸지.

심장은 태양처럼 환하게, 아니 태양보다 더 밝게 타올랐고, 사람들을 향한 위대한 횃불로 밝혀진 숲은 잠잠해지기 시작했지. 그리고 어둠은 그의 세상으로부터 날아올라 깊은 숲 속 늪의 썩은 입 속으로 떨어졌지. 사람들은 놀라 돌처럼 굳어 버렸어.

「가자!」 단꼬는 소리치며 뜨거운 심장을 높이 움켜쥐고, 길을 밝히면서 앞으로 돌진해 나갔던 게야.

정신을 잃은 그들은 그 뒤를 따라 달려나갔어. 그 때 숲의 꼭대기는 놀라 흔들리며 소리내기 시작했지만, 숲의 소음은 사람들의 움직임으로 들리지 않았지. 모든 사람들은 기적 같은 심장에 매료되어 빠르고 용감하게 달려나갔지. 단꼬는 내내 앞장 서 달렸고, 그의 심장은 더욱더 환하게 타올랐어!

마침내 숲은 그들에게 길을 터 주었지. 숲은 길을 터 주곤 그들 뒤로 마치 아무 일도 없었다는 듯 빽빽이 말없이 서 있

· · ·
고리끼

었지. 그리고 단꼬와 모든 사람들은 밝은 햇빛과 깨끗한 공기에 잠겼고, 비에 젖어들었지. 소나기였어. 그들 뒤 숲 위로 태양이 반짝이고, 초원이 싱그럽게 숨쉬었지. 풀들은 비에 젖어 반짝였고, 강물도 금빛으로 반짝였지……. 그리고 저녁이었어. 석양빛을 받은 강물은 마치 단꼬의 찢어진 가슴에서 흘러나오는 피처럼 그렇게 붉어 보였어.

자랑스럽고, 용감한 단꼬는 광활한 초원으로 시선을 던졌지. 그는 기쁜 눈으로 그들을 바라보며 미소 지었어. 그리곤 넘어져 죽어 버린 게야.

그런데 기쁨과 희망에 들뜬 사람들은 그의 죽음을 눈치채지 못했고, 단꼬의 시체 옆에 그의 위대한 심장이 아직도 타고 있는 것을 알지 못했지. 단지 한 명의 조심성 많은 사람만이 그것을 눈치챘지. 그는 뭔가를 두려워하는 기색으로 그 자랑스런 심장을 밟아 버렸던 게야. 그래서 이렇게 심장은 작은 조각들로 갈라져 꺼져 버렸지…….

바로 저 불똥들은 이렇게 해서 탄생하게 된 게지. 소나기 앞에 나타나는 초원의 하늘색 불꽃들!”

노파가 자신의 아름다운 이야기를 마쳤을 때, 초원은 섬뜩하리만치 조용해졌다. 마치 숲은 사람들을 위해 자신의 가슴을 사르고 죽은, 그러나 그들에게 자신을 위한 무엇도 바라지 않은 용감한 단꼬에게 감동한 것 같았다. 노파는 졸고 있었고, 나는 그녀를 바라보며 생각했다.

‘아직 얼마나 많은 옛날 이야기가 그녀의 머릿속에 남아

노파 이제르길

있을까?'

그리곤 단꼬의 뜨거운 심장에 대해 생각했고, 단지 아름답고 강한 전설을 위해서만 만들어진 인간의 환상에 대해 생각했다.

바람이 불고 있었고, 그녀의 누더기 옷 밑으로 꼿꼿하지만 깡마른 노파 이제르길의 가슴이 보였다. 나는 그녀의 늙은 몸을 덮어 주고, 그녀 옆에 누웠다. 초원은 조용하고 어두웠다. 하늘을 따라 먹구름이 천천히 우울한 듯 기어다녔다. 바다는 조용한 철썩임으로 슬픈 소리를 내고 있었다.

---

*원문은 세 가지 이야기로 구성되어 있으나 첫 번째 세 번째 이야기만 실었음.

까노발로프

1

대충 신문을 훑고 있던 나는 까노발로프라는 성과 마주쳤고, 그것에 흥분을 느끼며 다음과 같은 기사를 단숨에 읽어 내려갔다.

"어젯밤 지방에 있는 한 감방 난로 통풍구 위에서 무롬 시의 시민 알렉산드르 이바노비치 까노발로프(40세)가 목을 매달아 자살했다. 이 자살자는 쁘스꼬프에서 부랑자 생활로 체포되어 지정된 절차를 거쳐 조국으로 후송되었었다. 감옥의 한 간수 말에 따르면 그는 항상 조용하고, 말이 없었으며,

늘 생각에 잠긴 듯한 사람이었다고 한다. 그리고 사인을 조사한 의사는 그의 자살 원인이 우울증이라는 결론을 내렸다."

나는 이 토막기사를 읽고 나서 그가 자살하게 된 동기를 좀더 명확하게 밝힐 수 있을지도 모르겠다는 생각을 했다. ──나는 그를 알고 있었다. 그리고 내가 그에 대해 입을 다문다는 것은 옳은 일이 아니다. 그는 인생의 행로에서 쉽게 만날 수 없는 훌륭한 사람이었다.

……, 내가 까노발로프를 만난 것은 열여덟 살 때의 일이었다. 나는 그 때 제빵소에서 빵 굽는 일의 보조일을 담당하고 있었다. 제빵 기술자는 군악대 출신의 병사로 엄청나게 술을 마셔 댔고, 자주 반죽을 상하게 했으며, 술에 만취될 때면 항상 닥치는 대로 물건을 부수었다. 제빵소 주인이 그가 반죽을 상하게 했거나, 아침 출하에 늦은 것에 대해 그를 꾸짖을 때면 그는 광견병에 걸린 사람처럼 날뛰었고, 주인에게 가차없이 욕을 했으며, 항상 그 속에서 자신의 음악적 재능을 자랑했다.

"반죽을 너무 오래 두었어!" 그는 그의 통통한, 그리고 왠지 항상 축축하게 젖어 있는 입술을 놀리며 아마색 콧수염을 앞으로 쭉 내밀고 소리쳤다.

"껍질이 탔어! 빵이 덜 익었잖아! 아흐, 너, 빌어먹을 사팔뜨기 마귀 같은 놈아! 웬 말이 그렇게 많은 거야! 내가 이딴 일이나 하려고 세상에 태어난 줄 알아? 너 같은 놈이나

· · ·
고리끼

이런 일 계속하라구. 난——음악가야! 알겠어? 난 알토 악
기도 연주했고, 오보에도 불어. 코넷의 관이 고장나면 누가
그걸 고치겠어. 엉? 나야, 나라구! 띰 - 따라람 - 다 -
디! 그런데 넌 뭐야? 넌 그저 평범한 사내에 불과해, 가소
로운 놈! 계산서나 내놔!”

그러면 뚱뚱하지만 곱상하게 생긴 주인은 출렁거리는 배를
떨며 한 다리로 바닥을 굴렀고, 성난 목소리로 소리쳤다.

“악당! 도둑놈! 예수를 팔아 먹은 유다 같은 놈!”

그리고 짤막한 손가락을 서투르게 펼쳐 들고, 손을 공중으
로 들어 올려 고막이 터질 정도로 크게 소리쳤다.

“너 같은 놈은 경찰서에 처넣어야 해!”

“왕과 조국의 신하를 경찰서로?”

병사는 주먹을 주인의 코앞에 대고 으르렁거렸다. 그러면
주인은 거칠게 침을 내뱉고 식식거리며——나가 버렸다. 이
것이 그가 할 수 있는 전부였다. 때는 여름이었고, 볼가 강
연안에서 좋은 제빵 기술자를 구하는 건 하늘에 별따기만큼
어려운 일이었다.

이 같은 연극은 거의 매일 막을 올렸다. 병사는 술을 마시
고, 반죽을 상하게 했으며, 여러 가지 행진곡과 왈츠 또는 엉
터리 음악을 연주했고, 그 때마다 주인은 이를 바득바득 갈
았으며 난 이로 인해 두 사람 몫의 일을 해야 했다.

그러던 어느 날, 나는 주인과 병사 사이에 이런 일이 벌어
졌을 때 매우 기뻐했다.

“자, 병사!”

만족스런 얼굴과 교활한 미소를 반짝이며 주인이 제빵소로 들어왔다.

“자, 병사. 입술을 쭉 내밀고 행진곡을 연주해 봐!”

“뭐라고?”

평소처럼 반쯤 취한 병사가 반죽이 든 상자에 누워 음울하게 물었다.

“떠날 준비를 해야지!”

주인이 기쁨에 환호했다.

“어디로?”

뭔가 심상치 않은 조짐을 느낀 듯한 병사가 상자에서 다리를 내리며 물었다.

“네가 원하는 데로…….”

“이걸 어떻게 이해해야 하지?”

병사가 화를 내며 소리쳤다.

“그렇게 이해해. 내가 널 더 이상 붙잡아 두지 않는다고. 월급 받고, 사방으로——행진!”

병사는 자신의 권력을 주인이 어떻게 건드릴 수 없다는 것에 익숙해져 있었으나, 마지막 순간의 주인의 공표가 그의 취기를 싹 가시게 했다. 그는 기술적인 면에서 그의 서투른 솜씨로 일자리를 찾는다는 것이 얼마나 어려운 일인가를 잘 알고 있었다.

“아니야, 너 거짓말하는 거지……!”

그는 일어서며 불안스레 말했다.

"가, 가라구?"

"가라구?"

"꺼져."

"일 다 시켜 먹었다 이거지……, 넌 내 피를 빨아먹었어, 내 피를 다 빨아먹었다구, 빈틈 없이! 야, 너. 이 거미 같은 놈아!"

병사는 열 오른 머리를 흔들었다.

"뭐, 내가 거미라구?"

주인도 화를 내며 소리쳤다.

"너, 피 빨아먹는 독거미! 좋아!"

병사는 단호히 말하곤 비틀거리며 문 쪽으로 나갔다. 주인은 교활하게 그의 뒷모습을 바라보며 웃었고, 그의 눈은 기쁨으로 반짝였다.

"그래, 가거라. 이제 어디든 가서 일자리를 찾아보시지! 내가 사방으로 돌아다니며 네 얘기를 해 두었으니 미친놈이 아니고서야 널 고용해 주는 놈이 있겠냐!"

"새 사람을 구했나요?"

내가 물었다.

"새 사람? 응. 그는 나이가 많은 사람이야. 옛날에 내가 고용했던 적이 있지. 얼마나 좋은 빵 기술잔지! 금덩어리야! 그런데 그 또한 술주정꾼이지. 이흐! 엄청나게 마셔 대……. 이렇게 일자리를 찾아와서는 한 서너 달 일하고 나면 또다시 슬슬 병이 도지기 시작하지. 그는 곰 같은 사람이야. 꿈이나 평온 같은 건 그에게 아무 소용 없어. 그저 일하고 노래 부르지! 그가 부르는 노래를 듣는다는 건 정말 곤욕이야 ——가슴을 쥐어짜는 소리거든. 노래하다, 노래하다 그리곤 다시 술을 마시기 시작하지!"

주인은 가망 없다는 듯 한숨을 내쉬며 손을 내저었다.

"그리고 그가 술을 마시기 시작하면, 아무도 그를 막을 수가 없어. 그는 병이 들거나 한푼도 없을 때까지 몽땅 마셔 버려……. 그리곤 자신에게 부끄러운지 어쩐지 어디론가 슬그머니 사라져 버리지. 마치 향불에서 나온 귀신처럼 말이야. 아, 저기 그가 오는구만……, 완전히 온 건가, 료사?"

"아주 왔지요."

문지방 쪽에서 굵고 낮은 목소리가 들렸다.

그 곳에는 서른 살 정도의 키가 크고 어깨가 넓은 사내가 문설주에 어깨를 비스듬히 기댄 채 서 있었다. 그는 차림새로 보아 방랑자였고, 얼굴은 전형적인 러시아 인이었다. 그는 믿기 어려울 정도로 더럽고 찢어진 붉은 무명셔츠를 입고 있었고, 통넓은 마포바지 차림이었으며, 한쪽 발에는 고무장화를 다른 쪽 발에는 낡은 가죽구두를 신고 있었다. 밝은 아마색 머리칼은 온통 헝클어진 채 지푸라기가 매달려 있었고 부채 모양으로 그의 가슴까지 자란 턱수염에도 역시 지푸라기가 달려 있었다. 그의 기진맥진한 얼굴엔 커다란 하늘색 눈동자가 부드럽게 빛나고 있었고, 창백한 입술이 아마색 콧수염 밑에서 미소 짓고 있었다. 그의 미소는 마치 모든 것이 자신의 탓이라고 말하고 싶어하는 것 같았다.

"이리 오게, 싸샤. 얘가 자네 보조야."

주인은 손을 문지르며 새 제빵 기술자의 강한 몸매를 자랑스럽게 살펴보며 말했다. 그는 묵묵히 앞으로 나와 손이 큰 긴 팔을 내밀었다. 우리는 인사를 나누었다. 그는 의자에 앉아 다리를 앞으로 뻗고는 주인을 바라보며 말했다.

"바실리 세묘느이치, 내게 갈아입을 셔츠 두 벌과 낡은 구두……그리고 실내모로 쓸 마포를 사다 주시오."

"모두 줄 테니 걱정하지 말게! 실내모는 내게 있고, 셔츠하고 구두는 저녁에 갖다 줌세. 먼저 이걸 알아 두고 일하게. 나는 자네가 어떤 사람이라는 걸 잘 알지. 자넬 괴롭히지 않겠어……. 누구도 까노발로프를 괴롭히진 않아. 왜냐하면 자넨 누구도 괴롭히지 않으니까. 주인이 뭐 짐승인가? 나도 옛날에 일해 봐서 견디기 힘들다는 것 잘 알고 있네……. 그러니까 여기 남아서 일하게. 자, 그럼, 나 가네……."

우리는 단둘이 남았다.

까노발로프는 의자에 앉아 말없이 미소 지으며 주위를 살펴보았다. 제빵소는 지하에 위치해 있었기 때문에 세 개의 창문은 땅보다 낮아 어둡고 공기가 탁했으며, 습기와 때 먼지가 아주 많은 곳이었다. 벽 옆으로는 긴 상자가 놓여 있었고, 그 중 하나에는 밀가루 반죽이, 다른 하나에는 효모만 그리고 나머지는 비어 있었다. 그 상자들 위로 창문으로부터 희미한 빛줄기가 놓여 있었다. 그리고 거대한 빵 굽는 난로가 거의 제빵소의 3/4을 차지하고 있었고, 그 주위로 더러운 바닥 위에 밀가루 푸대들이 널려 있었다. 빵 굽는 난로 속에는 긴 나무토막들이 습기 찬 벽에 불꽃을 비추며 마치 소리없이 무언가에 대해 이야기하는 것처럼 흔들리며 떨고 있었다.

검게 그을린 둥근 천장에는 대낮의 빛과 난로의 불빛이 합해져 눈을 피로하게 하는 야릇한 조명을 만들었다. 거리에서 창문으로 낮은 소음이 흘러들었고, 먼지가 날아 들어왔다. 까노발로프는 이 모든 것을 살펴보고는 한숨을 내쉬며 조용한 목소리로 물었다.

"여기서 일한 지 오래 되었니?"

나는 그렇다고 대답했고, 우리는 서로서로를 살피며 침묵했다.

"마치 감옥 같구나!"

그는 한숨을 내쉬었다.

"밖으로 나가 앉을까?"

우리는 문 밖으로 나와 벤치에 앉았다.

"여기서는 숨쉴 수 있겠구나. 난 이 깊은 지하에는 빨리 적응하지 못해——할 수 없는 일이지. 생각해 봐. 난 바다에서 왔어……. 카스피에서 바닷일을 했지……. 그런데 갑자기 그렇게 광활한 곳에서 바로 이런 구렁텅이로 쾅!"

그는 슬픈 미소로 나를 바라보았고, 행인들을 바라보며 침

· · · ·
고리끼

묵하기 시작했다. 그의 푸른 눈에 슬픔이 반짝였다……. 저녁이 되었다. 거리는 무덥고, 소란스럽고, 먼지로 가득했으며 집으로부터 길 쪽으로 그림자가 늘어졌다. 까노발로프는 등을 벽에 기대고, 손을 가슴에 모아 손가락으로 자신의 부드러운 턱수염을 고르며 앉아 있었다. 나는 곁눈질로 그의 창백한 얼굴을 바라보며 생각했다.

'이 사람은 어떤 사람일까?' 하지만 나는 그와의 대화를 선뜻 시작할 수 없었다. 왜냐하면 그는 내 상관이었고, 또 그는 내게 존경심을 불러일으켰기 때문이었다.

그의 이마에는 세 개의 주름살이 잡혀 있었으나 시간이 지날수록 그것들은 반듯하게 펴졌고, 마침내는 없어졌다. 나는 그가 무슨 생각을 하고 있는지 매우 궁금했다…….

"가자, 때가 되었어. 너는 두 번째 반죽을 해, 그 동안 나는 세 번째 것을 준비할 테니."

하나의 반죽을 갈라 놓고, 다른 반죽을 마치고 우리는 차를 마시기 위해 앉았다. 까노발로프는 손을 품 속에 집어넣고 내게 물었다.

"너 글 읽을 줄 아니? 이것 좀 읽어 볼래."

그리고는 내게 구겨지고 더러워진 종이 한 장을 건넸다.

"사랑하는 싸샤!" 나는 읽었다.

"당신께 편지로 인사를 보내고 입맞춥니다. 난 지금 매우 힘들고 지루해요. 당신과 함께 떠나거나, 당신과 함께 살게 될 날을 이제는 더 이상 기다릴 수 없어요. 이 저주 받은 생활이 이젠 지겹고 참을 수 없답니다. 처음에는 마음에 들었었는데도 말이에요. 당신은 아마 잘 이해하실 거예요. 저도 당신을 알게 된 이후로 이해가 무엇인지 알 수 있게 되었죠. 제발 내게 빨리 편지해 줘요. 당신의 편지를 받고 싶어요. 그럼 다시 만날 때까지 「안녕」이라고 말하고 싶진 않아요. 다시 만날 테니까 말이에요. 내 덥석부리 친구, 당신을 원망하는 말은 쓰지 않겠어요. 내가 많이 슬펐지만요. 내가 슬펐던 건 당신이 돼지 같은 사람이기 때문이에요. 내게 한마디 말도 없이 떠나가다니…….

하지만 괜찮아요. 나는 당신에게서 좋은 것 외에는 아무것도 보지 못했으니까요. 당신은 내가 좋은 사람으로 기억하는 첫번째 사람이에요. 내가 일을 그만둘 수 있도록 힘써 줄 순 없나요, 싸샤? 처녀들이 말하기를 제가 일을 그만두게 되면 당신에게서 떠나게 될 거라고 말하지만 그건 터무니없는 말이에요. 만약 당신이 절 가엾게 여겼다면 난 일을 그만둔 다음 당신의 개처럼 당신과 늘 함께했을 거예요. 당신에겐 이 일이 쉬운 일일지 몰라도 제겐 힘들어요. 당신과 함께 있었을 때, 난 그렇게도 살고 싶어 울었지요. 비록 내가 이걸 당신께 말하진 않았지만요. 다시 만날 때까지 안녕. 당신의 까삐딸리나."

까노발로프는 편지를 받아 들고 수염을 만지며 생각에 잠겼다.

"그런데 너, 쓸 줄도 아니?"

“쓸 수 있어요…….”

“잉크는 있어?”

“있어요.”

“너, 그녀에게 편지 좀 써 줄래? 그녀는, 그러니까, 날 파렴치한 놈이라고 생각하고 있어. 난 그녀에 대해 잊어버렸지……. 써!”

“미안하지만, 그녀는 누구죠?”

“창녀……. 여길 봐——일을 그만두는 것에 대해 쓰고 있잖아. 이건 바로 내가 경찰에게 그녀와 결혼하겠다는 약속을 하겠다는 것을 뜻해. 그러면 그녀는 주민등록증을 되찾고, 증서는 그들이 가져가고, 그 때부터 그녀는 자유로워지는 거지! 알겠어?”

얼마 후, 그녀에게 보낼 감동적인 편지가 준비되었다.

“자, 그럼 어떻게 써졌는지 한번 읽어 봐!”

조바심을 내며 까노발로프가 말했다.

“까빠! 나에 대해 생각하지 마. 난 비열한 놈이고, 이미 너를 잊었어. 아니야, 난 잊지 않았어. 그냥 술을 마시기 시작했고, 몽땅 날려 버렸어. 지금 나는 새로 일자리를 얻었어. 내일 주인에게 가불해서 돈을 필립에게 보낼게. 그러면 그가 널 그 일에서 꺼내 줄 거야. 돈은 네 여비로도 충분할 테고. 그럼 안녕——다시 만날 때까지. 너의 알렉산드르.”

“음…….”

까노발로프는 머리를 긁적거렸다.

"그러니까, 넌 글은 잘 못 쓰는구나. 네 편지에는 동정도 눈물도 없어. 그리고 나는 왜, 또 한 번 네게 다양한 말로 날 욕해 달라고 부탁했잖아. 그런데 넌 안 썼어……."

"그런데 왜 그렇게 해야 돼요?"

"왜냐하면 내가 그녀 앞에 부끄럽다는 걸 그녀가 알아야 하기 때문이지. 그리고 나도 내가 그녀에게 죄가 있다는 걸 알아. 그러니까! 완두콩을 쏟아 붓듯이 써! 그리고 눈물을 넣으란 말이야!"

난 눈물을 편지에 넣어야만 했고, 성공적으로 그 임무를 완수했다. 까노발로프는 만족스러운 표정으로 내 어깨에 손을 얹고 진지하게 말했다.

"자, 이제 훌륭해! 고맙다! 넌 좋은 젊은이인 것 같아. 우리 친하게 지내자구."

나는 그의 말을 의심치 않았고, 그에게 까삐딸리나에 대해 이야기해 줄 것을 부탁했다.

"까삐딸리나? 그녀는 소녀지, 완전히 애야. 빠뜨까(가쟌 북쪽에 있는 도시. 역주)의 한 상인의 딸이었는데……. 어쩌다 보니 정상 궤도를 벗어났지. 그리고는 점점 더 나빠져 사창가로 떨어지게 된 거지……. 내가 보기엔 완전히 애야! 세상에 이럴 수가 있나 싶을 정도로 말이야. 나는 그녀와 알게 되었고, 그녀는 울었지. 그래서 내가 말했어. 「괜찮아, 조금만 참아! 내가 널 여기서 끌어 내 줄 테니, 기다려!」 그리고 난 모든 준비가 다 돼 있었어. 돈, 그리고 모두…….

그런데 난 갑자기 술을 마시기 시작했고, 정신을 차려 보니 아스뜨라한에 와 있는 거야. 그리곤 이 곳으로 떨어졌지. 나에 대해 어떤 사람이 그녀에게 소식을 알렸고, 그래서 그녀가 편지를 보낸 거야.”

“그런데 당신은?”

나는 그에게 물었다.

“당신은 그녀에게 장가 들고 싶은 거예요?”

“장가라고? 어딜 봐서 내가 신랑감이야? 아니야, 그럴 순 없어. 그녀를 그 곳에서 꺼내 주고, 그리곤 아무 데로나 가라고 해야지. 자기 갈 곳을 찾으면 아마 새 사람이 될 거야.”

“그녀는 당신과 살고 싶어하잖아요…….”

“그건 그녀가 괜히 그러는 거야. 여자들은 모두 그래……., 난 여자들을 잘 알지. 내겐 여자가 아주 많았었지. 심지어 상인의 부인까지 있었어……. 내가 서커스에서 마부로 일하고 있을 때, 그녀가 날 발견했지.「우리 집에 와서 마부로 일하게.」라고 말했지. 그 때 난 서커스에 싫물이 나 있었기 때문에 즉시 따라갔지. 그래서……., 그녀는 나와 연애를 하게 되었어. 그녀의 집은 말, 하인들……., 마치 귀족의 집 같았지. 그녀의 남편은 작고 뚱뚱한 것이 마치 우리 빵집 주인같이 생겼는데, 그녀는 그렇게 날씬하고 탄력 있고 정열적이었지. 마치 고양이처럼 말이야. 그녀가 나를 안고 입맞출 때면 가슴은 불에 발갛게 달아오른 석탄처럼 타올랐어. 무서울 정도였지. 그녀는 가끔 입맞추며 울먹였는데 그럴 때면

까노발로프

어깨가 쉴 새 없이 들썩였어. 내가 그녀에게 「왜 그래, 베루니까?」하고 물으면 그녀는,

「넌, 애기야 싸샤. 넌 아무것도 몰라.」라고 말했지. 좋은 여자였어…….

그런데 그건 그녀가 옳아, 내가 아무것도 모른다는 건 말이야. 난 정말 바보 같아, 내가 알지. 무엇을 하는지도 모르고 어떻게 살아야 하는지도 생각하지 않아!"

그리곤 입술을 꼭 다문 그는 커다란 눈으로 나를 바라보았다. 그 커다란 눈 속에는 놀람이 아닌 불안한 빛이 반짝였고, 그로 인해 그의 얼굴은 더욱 슬퍼지고 붉어졌다…….

"그래서, 그 부인과 어떻게 됐어요?"

"그런데 내겐 이따금 느닷없이 우울이 찾아들곤 해. 네게 말해 주지. 정확히 어떤 우울인고 하니 그것이 찾아들면 나는 산다는 게 불가능해져. 마치 이 세상에 나 혼자뿐인 것 같고, 나 외엔 살아 있는 게 아무것도 없는 것 같아지지. 그리고 이 땐 모든 사람들이 날 거부해. 그리고 나 자신 역시 내게 짐이 되지. 이럴 때면 나는 모든 세상 사람들이 죽는다 해도 눈 하나 깜짝 안 해! 이건 아마 내 질병임이 분명해. 이 병 때문에 난 술을 마시기 시작했지……, 그래서 난 그녀에게 말했어 「베라 미하일로브나! 날 놓아 줘, 더 이상 난 이곳에 있을 수가 없어!」「왜 그래, 내가 지겨워진 거야?」

그녀는 이렇게 말하고 웃었는데, 씁쓸한 웃음이었지. 그래서 나는 「아니야, 네가 지겨워진 게 아니라, 내가 날 어떻게

할 수가 없어.」라고 말했지. 처음에 그녀는 날 이해하지 못했지. 그래서 소리치며 욕하기 시작했어⋯⋯. 그리곤 결국엔 이해했지. 고개를 떨군 채 말하기를,

「어쩌겠어, 가⋯⋯!」 그리곤 울기 시작했지. 그녀의 눈과 고수머리는 모두 검은색이었어. 그녀는 상인 계급 출신이 아니고, 관리 계급 출신이었지⋯⋯. 그랬지⋯⋯. 그녀가 가엾어졌고, 그 땐 내 자신이 그렇게도 싫었지. 그녀에겐 당연히, 그런 남편과는 지루했겠지. 그는 완전히 밀가루 푸대 같았거든⋯⋯. 그녀는 아주 오랫동안 울었지. 내게 정들어 있었으니까⋯⋯. 난 그녀를 아주 응석받이로 만들어 버렸고, 가끔 그녀를 손에 안아 들고 흔들어 주기도 했었지. 그녀가 잠들면 난 의자에 앉아 그녀를 바라보고⋯⋯. 꿈속에서는 가끔 매우 아름다운 사람들이 등장했지. 그렇게 단순하고, 순진하게 미소 짓는 더 이상 아무것도 필요 없는⋯⋯. 그리고 언젠가 우리가 별장에 가 있었을 때, 우린 함께 말 타러 다니곤 했었지. 그녀는 진심으로 날 사랑했어. 어디든 숲 속으로 가서 우리는 말을 매놓고, 그늘진 풀밭에 앉는 거야. 그녀는 날 눕게 하고 내 머리를 자신의 무릎에 올려놓고는 내게 어떤 책을 읽어 주었지. 나는 그녀의 목소리를 들으며 잠이 들곤 했어. 아주 재미있는 이야기들이었지. 그 이야기들 중, 나는 벙어리 게라심과 그의 개에 대한 이야기를 아직도 기억하지. 벙어리 게라심은 모든 사람들에게서 버림받은 사람이었어. 단지 그의 개만이 그를 사랑했지. 이건 아주 슬픈

봉건시대 때의 이야기야. 그러던 어느 날 그의 지주 마님이 그에게 명령했지. 「벙어리야, 네 개를 데리고 호수로 가서 물에 빠뜨려 죽여라.」 그래서 벙어리는 그녀의 명령대로 개를 데리고 호수로 향했지. 작은 배에 개를 앉히고 노를 저으며 말이야……. 나는 이 이야기를 들을 때 전율을 느꼈어. 산 사람의 유일한 기쁨을 앗아 가다니! 이건 놀라운 이야기야. 그런데 이건 한편으로 생각해 보면 좋은 경우야. 세상엔 이런 사람들이 있지. 그들에겐 온 세상이 무엇이든 하나에만 들어 있는, 다시 말해 살아가면서 무엇이든 하나만을 사랑하는 사람들 말이야. 그러니까 벙어리의 세상은 단지 개에게만 의미가 있을 뿐이었지. 개 말고는 세상에서 그를 사랑하는 사람이 아무도 없었기 때문이지. 어떤 종류의 사랑이건 인간이 사랑 없이 산다는 건 불가능해. 그러니까 사랑할 수 있게 하기 위해 인간에게 영혼이 주어진 게지……. 그녀는 내게 다양한 여러 종류의 이야기들을 읽어 주었어. 훌륭한 여자였지. 지금도 난 그녀가 그래서 더욱 가엾게 느껴져……. 만일 내 운명 때문이 아니었다면, 그녀가 내가 떠나길 원치 않았기 때문에 그녀의 남편이 우리의 관계를 알게 되기 전까진 난 그녀를 떠나지 않았을 거야. 아주 부드러운 여자였지. 마음이 그렇게 부드러울 수가 없었어. 그녀는 그저 평범한 여자들처럼 나와 그렇게 사랑을 나누었지. 그런데 어떤 순간순간 나는 그녀에게서 놀라움을 발견할 때가 있었어. 그녀는 가끔 마치 영혼을 바라보는 것처럼, 그리고 엄마나 유모처럼 그렇게 다정하게 이야기할 때가 있었지. 그럴 때면 나는 그녀 앞에 어린아기가 되곤 했어. 그런데 그 좋던 모든 순간이 사라지고――우울! 우울이 내게 찾아든 거야…… 그리고 그 마지막 이별하는 날, 나는 그녀에게 말했지.「안녕, 베라 미하일로브나. 날 용서해!」「안녕, 싸샤!」그녀는 그렇게 말하곤 갑자기 손톱으로 내 팔을 할퀴었지! 난 하마터면 소리를 지를 뻔했지……. 아주 깊은 상처였어. 삼 주일 정도나 팔이 아팠으니까. 이게 바로 그 때 그 상처야.”

그는 근육질의 하얀 팔의 상처를 내게 보여 주며 슬픈 미소를 지었다. 팔꿈치 관절 근처의 흰 피부 위에 상처가 또렷이 드러나 있었다. 끝부분이 이어지는 두 개의 반원형의 흉터였다. 까노발로프는 그것을 바라보았고, 쓸쓸하게 미소 지으며 고개를 저었다.

“그녀는 괴짜야! 자신을 잊지 말라는 뜻으로 상처를 낸 거지.”

나는 예전에 이런 종류의 이야기들을 들은 적이 있었다. 거의 모든 방랑자들은 옛날 ‘상인 부인’이나 ‘혈통 좋은 귀족마님’에 대한 추억담을 가지고 있었고, 모든 방랑자들에게 이 상인 부인이나 귀족마님은 여자에 대한 이야기들 중 셀 수 없이 많은 변종들 속에서 자신과 가장 반대되는 육체적, 심리적 특징들과 이상하게 결합되어 완전히 환상적인 모습으로 등장하곤 했었다. 만일 어떤 여자가 오늘 푸른 눈에 거칠고 명랑한 여자였다면, 얼마 후에는 검은 눈에 착하고 눈물 많은 여자로 변모된 그녀에 대한 이야기를 들을 수 있다고 기대해도 좋다. 그리고 보통 방랑자들은 추억 속의 여자에 대한 이야기를 할 때, 회의적인 목소리로 이야기하고 그녀를 모욕하는 세세한 이야기들을 늘어놓는다.

그런데 까노발로프의 이야기 속에는 진실이 서려 있었다. 그것은 독서에 대한 이야기라든가 또는 까노발로프 자신이 스스로에게 아기라는 표현을 쓴 것 등등은 이전에 방랑자들에게서 들을 수 없던 말이었다.

나는 그의 가슴에 머리를 기대고, 그의 팔에 안겨 잠자는 부드러운 여자의 모습을 그려 보았다.

이건 매우 아름다워 보였고, 그의 이야기가 사실이라는 것을 확신시켜 주었다. 그리고 결정적으로 '상인 부인'에 대한 회상을 이야기하는 그의 슬프고 부드러운 목소리는 예외적인 것이었다. 다른 방랑자들은 여자에 대해서든, 다른 무엇에 대해서든 그렇게 부드러운 목소리로 이야기하지 않는다. 왜냐하면 그들은, 그들에게 있어 세상엔 그들이 욕할 수 없는 것이 아무것도 없다는 것을 보여 주기 좋아하기 때문이다.

"왜 아무 말이 없지? 내 얘기가 거짓말 같니?"

까노발로프는 밀가루 푸대 위에 앉아 한 손으로는 찻잔을 쥐고, 다른 손으로는 턱수염을 쓰다듬으며 물었다. 그의 푸른 눈동자는 나를 탐색하듯, 의심스런 눈초리로 바라보고 있었고, 이마엔 주름이 서려 있었다…….

"아니야, 믿어. 내가 왜 거짓말을 하겠어? 방랑자들은 거

짓말쟁이라고들 말하지……. 그런데 그렇게 단순한 게 아니
야. 만일 어떤 사람에게 좋은 일이 아무것도 없었다면, 그가
자신을 위해 어떤 일을 꾸며 내고, 그리고 그걸 이야기한다
해도 누구에게도 해가 될 건 없잖아. 이야기를 하면서 자신
도 마치 그런 일이 있었던 것처럼 믿게 되고, 그러면 기분도
좋아지고……. 많은 사람들이 이런 재미로 살지, 하지만 난
네게 진실을 이야기했어. 있었던 사실 그대로 말이야. 내가
말한 것 중에 뭐 특별한 거라도 있니? 한 여자가 살고 있었
고, 그녀는 지루해했다. 그러던 중 마부인 내가 나타났다.
그런데 그녀에게는 내가 마부거나, 장교거나, 귀족이거나 아
무런 상관이 없다. 왜냐하면 똑같은 남자니까……. 모든 사
람들은 상인마님 앞에서 돼지이고, 이 돼지들은 이것저것을
찾지. 그들은 적게 일하고 많은 것을 챙기려 안간힘을 쓰지.
보통 단순한 사람들은 양심적이야. 그런데 난 매우 단순하거
든……. 여자들은 나의 단순함을 한눈에 알아보지. 내가 그
들을 모욕하지 않고, 비웃지 않을 것이라는 걸 잘 알고 있어.
여자들은 계율을 어기면서도 그것을 장난처럼 겁내지 않아.
하지만 그들은 남자들에 비해 숫기가 없지. 남자들은 그런
일이 생기면, 하다못해 시장으로라도 나가 경솔하게 떠들어
들 대지. 이건 남자들이 저지르는 멍청한 짓 가운데 하나지!
…… 하지만 여자들은 갈 데도 없고, 그래서 여자들의 죄에
대해선 누구도 공격하지 않지. 그러나 그들은 제일 슬픈 사
람들이야.”

· · ·
까노발로프

나는 그의 말을 들으며 생각했다.

'그는 자신에게 타당치 않은 이런 말들을 하지만 그에겐 자신에 대한 확신이 있는 것일까?'

그런데 그는 생각에 잠긴 듯한 표정으로 순진한 눈동자를 내게 고정시킨 채 더욱 놀라운 이야기를 해주었다.

빵 난로 속의 장작은 이미 다 타 버렸고, 붉은 숯의 불빛이 벽에 분홍빛 얼룩을 그려 내고 있었다…….

나는 창문으로 두 개의 별이 떠 있는 하늘 한편을 바라보았다. 두 개의 별 중, 하나는 크고 에머랄드처럼 빛났고, 그것으로부터 멀리 떨어져 있는 것은 작고 희미했다.

일주일이 흘렀고, 나와 까노발로프는 호형호제하는 사이가 되었다.

"넌 순진한 젊은이야!"

그는 환한 미소로 내 어깨를 툭툭 치며 말했다.

그는 예술가처럼 일했다. 그가 7푸드의 반죽더미를 처리하는 것을 본다는 것은 매우 유쾌한 일이다. 그가 그것을 힘껏 굴리거나, 궤짝 아래로 몸을 구부리고 불끈불끈한 근육질의 팔로 자신의 강철 같은 손가락을, 찍찍 소리를 내는 탄력 있는 반죽 속으로 집어넣어 팔꿈치를 빠뜨리며 반죽하는 모습은 가히 예술적이다.

그리고 내가 조심조심 빵 난로 속으로 던져 넣는 빵 반죽을, 그는 매우 재빠르게 던져 넣는 것을 보았을 때, 나는 그것들이 서로 엉겨 붙는 것을 걱정했었다. 그러나 그가 세 개의 난로에서 120개의 둥근 빵을 구워 냈을 때, 그것들이 모두 통통하고 발그스름하게 부풀어 구워졌고, 하나도 망가진 것이 없는 것을 보고는 그가 이 분야에서는 전문가라는 사실을 알게 되었다. 그는 일을 사랑했고, 일에 몰두했다. 장작이 잘 타오르지 않거나 반죽이 잘 부풀어 오르지 않을 때면 그는 우울해했다. 그리고 만일 주인이 나쁜 밀가루를 사들고 올 때면 그는 가차없이 주인에게 화를 냈다. 그러나 빵이 알맞게 둥글고, 잘 부풀고, 불그스름하고 바삭바삭한 껍질로 모습을 드러낼 때면 그는 아이처럼 즐거워했고, 만족스런 표정을 지었다. 가끔씩 그는 난로에서 가장 잘 구워진 뜨거운 빵을 손으로 꺼내 이 쪽 손에서 저 쪽 손으로 옮겨 가며 내게 유쾌한 목소리로 말했다.

"동생! 봐, 우리가 얼마나 예쁜이를 만들어 냈는지 봐……!"

그래서 내겐 이 일에 자신의 모든 영혼을 쏟아 붓는 '다 큰 애'를 보는 것이 늘 유쾌했다. 그리고 난 가끔 이런 생각을 했다. '모든 사람들이 다 이렇게 일한다면……'

하루는 내가 그에게 물었다.

"싸샤, 사람들이 그러는데 형은 노래를 잘한다던데?"

"노래야 하지……. 그런데 난 기분에 따라 노래해. 난 우울에 젖기 시작하면, 그 때 노래를 하지……. 그러니 내가 노래를 시작하면 그건 우울해진 것을 뜻해. 그러니까 넌 노래 얘기하지 마. 자극하지 말라구. 그런데 넌 노래 안 하

니? 에이 너! 내가 노래하기 시작할 때까지 참아……. 그
때 함께 부르자구, 어때?”

난 당연히 동의했고, 노래가 부르고 싶어질 때는 휘파람을
불었다. 하지만 가끔씩은 참지 못하고, 반죽을 하거나 빵을
빚으면서 콧소리로 낮게 흥얼거렸다. 그럴 때마다 까노발로
프는 입술을 달싹거렸는데, 약간의 시간이 흐른 뒤 나와의
약속을 상기시키고는 내게 거칠게 소리쳤다.

“그만둬! 흥얼거리지 말란 말이야!”

그러던 어느 날, 나는 내 궤짝 속에서 작은 책을 꺼내 창문
가에 쪼그리고 앉아 읽고 있었다. 까노발로프는 반죽 상자
위에 길게 누워 졸고 있었는데, 내가 넘기는 책장의 사각거
림에 눈을 떴다.

“무슨 책이야?”

그것은 ‘뽀들리쁘 사람들’이었다.

“소리 내 읽어 봐 응……?”

그가 부탁했다.

나는 창문 턱에 앉아 책을 읽기 시작했고, 그는 상자 위에
앉아 자신의 머리를 내 무릎에 기대고 듣고 있었다…….

가끔씩 나는 책 밑으로 그의 얼굴을 바라보았고, 그의 눈
과 마주쳤다——지금까지도 그 순간은 내 기억 속에 또렷이
남아 있다——긴장되고 세심한 조심성으로 가득 찬…….
그의 입 또한 고른 치아를 드러내며 반쯤 열려 있었다. 주름
진 이마로 치켜 올려진 눈썹, 무릎을 감싸고 있는 팔, 그의

이 모든 열렬한 집중에 나는 작은 흥분을 느끼며 그에게 시소이까와 뻴라의 슬픈 이야기를 가능한 한 생생하게 들려 주려고 애썼다.

마침내 피곤해진 나는 책을 덮었다.

"벌써 끝난 거야?"

속삭이듯 까노발로프가 물었다.

"반 조금 못 돼요……."

"전부 읽어 주겠니?"

"원한다면……."

"아!"

그는 자신의 머리를 움켜쥐고, 궤짝 위에 앉아 흔들거리기 시작했다. 그는 무언가를 말하고 싶은 듯 입을 달싹거렸고, 무언가를 향해 실눈을 떴다. 나는 그런 효과를 기대하지 않았었고, 그것이 무엇을 의미하는지도 이해하지 못했다.

"넌, 너무 잘 읽어!……"

그는 속삭이듯 말하기 시작했다.

"다양한 목소리로……. 마치 그들 모두가 살아 있는 것처럼……. 아쁘로시까! 뻴라……. 그런 바보들이 있나! 난 너무 우스웠어……. 그래서 다음엔 어떻게 됐을까, 그들은 어디로 갈까? 세상에! 그런데 그게 전부 사실이란 말이지. 모두 진짜 사람들처럼 있단 말이지……. 진짜 사내들이라구……. 완전히 살아 있는 목소리와 얼굴……. 이것 봐, 막심! 난로에 빵을 넣고 계속 읽어 줘!"

우리는 난로에 빵을 넣고, 다른 반죽을 준비해 놓은 다음 다시 한 시간 사십 분 동안 책을 읽었다. 그리곤 다시 휴식 시간——난로는 빵을 다 구웠고, 빵을 꺼내고, 다른 반죽을 다시 넣고, 다시 반죽을 하고 효모를 집어넣었다. 이 모든 것을 우리는 침묵한 채 빠르게 해치웠다.

까노발로프는 눈썹을 찌푸리며 가끔씩 내게 복잡한 지시들을 짤막하게 던지며 서두르고 서둘렀다…….

마침내 새벽 무렵 우리는 책을 다 읽었고, 내 혀는 완전히 굳어 버린 듯한 느낌이었다. 밀가루 푸대 위에 앉은 까노발로프는 두 팔로 무릎을 감싸안고 나를 이상한 눈빛으로 응시하며 말이 없었다…….

"어때요, 좋아요?"

침묵을 깨뜨리기 위해 내가 물었다.

그는 눈을 찡그리며 머리를 흔들기 시작했고, 또다시 왠지 속삭이기 시작했다.

"도대체 누가 그 이야길 끝낸 거야?"

그의 눈에는 표현할 수 없는 경악이 서려 있었고, 얼굴은 뜨거운 감정으로 불타 올랐다.

난 누가 그 책을 썼는지 이야기해 주었다.

"그래, 그는 대단한 사람이야! 얼마나 날 사로잡았는지. 무섭기까지 해. 정말 내 마음을 사로잡았어. 그런데 그 작가는 이걸 쓰고 무얼 받았지?"

"무슨 얘기예요?"

“그러니까, 예를 들면, 그에게 상이나 뭐 그런 걸 줬냐구?”

“무엇에 대한 대가로 그에게 상을 줘야 하죠?”

“무엇에 대한 거라니? 책……, 이건 마치 경찰의 행동과 같은 거야. 지금 사람들이 이 책을 읽고……심판할 거 아냐. 뻴라, 시소이까……, 이 사람들은 어떤 사람들이야? 모두에게 그들이 불쌍할 거 아냐……. 사람들은 우매해. 그들의 삶이 어떤 거야? 그러니까, 그래서…….”

“그래서 뭐요?”

까노발로프는 당황한 듯 나를 바라보았고, 소심하게 선포했다.

“어떤 조치 같은 걸 취해야 하잖아. 사람들이 그들을 지지해 줘야지.”

그것에 대한 대답으로 난 그에게 긴 강의를 해야 했다……. 하지만——아! 그 강의는 내가 기대했던 감흥을 불러일으키지 못했다.

까노발로프는 생각에 잠겼다. 그리곤 머리를 떨구고 몸을 천천히 앞뒤로 흔들기 시작했고, 내 말을 방해하지 않으며 한숨을 내쉬었다. 난 마침내 피곤해졌고, 말을 멈추었다. 까노발로프는 고개를 들고 우울한 모습으로 나를 쳐다보았다.

“그러니까 그에게 아무것도 안 줬다는 얘기지?”

그가 물었다.

“누구에게요?”

레쉐뜨니꼬프(뽀들리프 사람들의 작가. 역주)에 대해 잊고 있던 난 다시 물었다.

"작가에게 말이에요?"

나는 그에게 작은 흥분을 느끼며 대답해 주지 않았고, 그는 내 대답을 끝까지 기다리지 않고 책을 손에 들고 그것을 조심스럽게 열었다닫았다 하다간 제자리에 놓고 긴 한숨을 내쉬었다.

"이건 정말 현명한 일이야. 세상에!"

그는 낮은 목소리로 중얼거리기 시작했다.

"사람이 책을 썼다는 건……. 종이, 그리고 그 위에 여러 개의 점들, 그게 전부잖아. 이 책을 썼어. 그리고……그는 죽었니?"

"죽었어요."

내가 말했다.

"죽었는데, 책은 남았고, 그래서 사람들이 그걸 읽는다. 그걸 사람들이 눈으로 보고 여러 가지 말을 한다. 그러니까 너 잘 듣고 생각해 봐, 세상에 삘라, 시소이까, 아쁘로시까……, 이런 사람들이 살았어. 그리고 설사 네가 그들을 한번도 만난 적이 없다 하더라도 그들이 네게 가엾잖아. 그런데 그들이 네게 전혀 아무것도 아니란 말이야? 만약 거리로 그런 사람들 열 명이 걸어가. 넌 그들을 바라보지. 그런데 넌 그들에 대해 아무것도 몰라……. 그리고 넌 그들과 아무런 상관이 없어……. 그들은 걷고, 걸어가는 거지……. 그런데 책에 있는 그들은 가슴이 미어질 만큼 네게 가엾잖아…….
이것에 대해 넌 어떻게 생각해……? 그런데 그 책을 쓴 사
람은 아무런 상도 못 받고 죽었다구? 아무것도 못 받았어?"

나는 화가 치밀어 올라 그에게 작가들의 상에 대해 이야기
해 주었다…….

까노발로프는 놀란 눈으로 내 얘기를 들었고, 가엾다는 듯
쯧쯧 소리를 내며 혀를 찼다.

"「질서」라."

그는 긴 한숨을 내쉬곤, 오른쪽 수염을 물고 고개를 떨구
었다.

그 때 나는 러시아 문학가들의 삶에 있어서 선술집의 파멸
적인 역할과 위대하고 진실한 재능들이 술에 의해 죽어 간다
는 것, 그리고 그들의 어려운 삶에서 유일한 위안은 술이라
는 것에 대해 이야기를 시작했다.

"그런데 과연 그런 사람들이 술을 마실까?"

까노발로프는 작은 목소리로 내게 물었다. 그의 커다란 눈
속에는 나에 대한 불신과 그 사람들에 대한 경악과 동정심에
빛나고 있었다.

"술을 마신다고! 그러면 그들은……, 책을 쓰고 나서 술
을 마시기 시작한다는 거야?"

난 이 질문에 대답할 필요성을 느끼지 못했다.

"당연히 그렇겠지."

까노발로프는 단정하듯 스스로 결론을 내렸다.

"그들이 살고, 삶 속에서 다른 삶의 고뇌를 보고 가려 낸다. 그들의 눈은 분명 특별할 거야. 그리고 가슴 또한……. 삶을 바라보며 우울해지기 시작하겠지……. 그리곤 책 속에 우울을 쏟아 붓겠지……. 그래도 그건 도움이 안 돼. 왜냐하면 가슴은 벌써 상처를 입었고, 우울 때문에 가슴을 온통 사르지도 못하지……. 남은 일은 술을 따르는 일밖에. 그리곤 마시는 거야. 내가 말하는 게 맞지?"

나는 동의했고, 이것이 그에게 활기를 준 것 같았다.

"그들에겐 이것에 대해 보상을 해 주어야 해. 안 그래? 왜냐하면 그들은 다른 사람들보다 더 많은 것들을 이해하고, 다른 사람들에게 여러 가지 무질서를 보여 주지. 그러니까 지금, 예를 들어 난 뭐야? 난 방랑자고, 술주정뱅이에 망가진 사람이야. 내 삶엔 아무런 용서도 없어. 무엇 때문에 내가 이 세상에 살고, 이 세상에서 과연 내가 누구에게 필요할까? 내겐 집도, 마누라도, 애들도 없어. 그리고 이런 것들에 대한 욕구조차 없어. 그냥 살면서 우울해하는 거야……. 무엇 때문에? 알 수가 없지. 내겐 내면의 길이 없다고. 무슨 말인지 알겠어? 어떻게 말해야 할까? 그러니까 영혼 속에 불꽃이, 힘이 없다고 해야 할까? 그러니까 내 속엔 그 하나가 없어. 이게 다야! 알겠어? 그래서 나는 살면서 그 하나의 무언가를 찾고, 그것 때문에 우울해하지. 그런데 그게 무엇인지는 나도 모르고……."

그는 손으로 자신의 머리를 감싸고 나를 바라보았다. 그의

얼굴에는 자신의 말을 표현할 방법을 찾는 흔적이 역력히 드
러나 보였다.

"그래서요. 계속해 보세요."

나는 힘들게 질문을 던졌다.

"계속……? 네게 얘기할 수 없어…… 하지만 내 생각에,
만약 어떤 작가가 나를 잘 살펴본다면 그는 내게 내 삶을 설
명해 줄 수 있지 않을까, 응? 넌 어떻게 생각해?"

나는 내 스스로도 그의 삶에 대해 설명해 줄 수 있다고 생
각했고, 그것은 내 시각에서 쉽고 명료한 일이라고 생각했
다. 그래서 나는 환경과 불평등에 대해, 삶의 희생물인 사람
들에 대해, 그리고 삶의 주권자인 사람들에 대해 이야기하기
시작했다.

까노발로프는 주의깊게 들었다. 그는 턱을 고인 채 나와
마주 앉아 있었고, 그의 커다란 눈동자는 서서히 가벼운 안
개가 덮이는 듯했고, 이마에는 점점 더 깊은 주름이 생겨났
다. 그는 내 말을 통째로 받아들이겠다는 욕망으로 숨을 참
고 있는 것처럼 보였다.

이 모든 것이 내게는 열기를 북돋워 주었고, 그리하여 나
는 열정적으로 그에게 그의 삶을 묘사해 주었고, 그가 이렇
게 사는 데에는 그의 죄가 없음을 역설했다. 그는 사회의 슬
픈 희생물 중 하나이고, 자연적으로 볼 때 모두와 평등하다
는 것과 긴 역사적 불평등 사이에서 사회적으로 제로인 상태
에서 태어난 존재라는 것을.

나는 이렇게 말하는 것으로 내 연설을 마쳤다.

"형에겐 어떤 것에도 죄가 없어요……. 형을 모욕했을 뿐이지……."

그는 내게서 눈을 떼지 않고 말없이 앉아 있었다. 나는 그에게서 기쁨의 미소가 피어나는 것을 보았고, 그가 내 이야기에 대해 뭐라고 환호성을 지를까에 대해 조바심 내며 기다렸다.

그는 부드럽게 웃기 시작했고, 부드럽게 손을 뻗어 내 어깨 위에 손을 얹었다.

"넌 참 쉽게도 말하는구나! 넌 이런 것들을 다 어디서 알게 되었지? 모두 책에서? 넌 참 많은 책을 읽은 것 같다. 아, 네가 그 정도로만 내게 책을 읽어 준다면!……. 하지만 중요한 건 넌 매우 너그럽게 말한다는 거야. 난 이렇게 생각해. 놀랍게도! 모든 사람들은 자신의 실패에 대해 서로서로에게 죄를 뒤집어씌운다고…….

그런데 넌 삶에서 질서가 있다고 생각하지. 네 생각대로라면 인간은 그 무엇에 대해서도 죄가 없는데, 그렇다면 부랑자는 태어날 때 부랑자가 되라고 적혀 있기 때문에 부랑자가 된 거잖아. 그러면 죄수들에 대해 이야기하자면 아주 멋있겠네. 그들이 죄를 짓는 건, 일자리는 없는데 먹어야 하기 때문이라고……. 모든 게 그렇게 네겐 자비심이 많아! 넌 마음이 약한 애 같아!"

"잠깐만요! 형은 나와 동의해요? 내가 한 말이 맞는 것

· · ·
고리끼

같아요?"

나는 물었다.

"네게는 맞는지 아닌지를 아는 게 중요하겠지. 넌 배웠으니까……. 좋아, 그렇다면 다른 예를 들어 보자고, 그러면 알게 될 거야……. 그러니까 만약 내가…….."

"내가 뭐요?"

"그러니까 내가, 순전히 내 얘길 해 보자구……. 내가 술 마시는 것이 누구에게 죄가 있어? 내 동생 빠벨까는 술을 조금도 안 마셔. 빠르마에 자신의 제빵소를 가지고 있다구. 그러나 난 그보다 일을 더 잘해. 그런데도 난 부랑자에다 술주정뱅이, 그것 외엔 내 이름도 없고, 의무도 없지……. 그런데도 우리는 같은 어머니로부터 태어난 아이들이란 말이야! 그는 나보다 나이도 어려. 결론적으로 말하자면 내 속엔 뭔가 좋지 않은 것이 있다는 말이잖아……. 그러면 난 인간으로 적당치 않게 태어났다는 이야기고. 그런데 넌 모든 사람들이 똑같다고 말했지. 그런데 난 특별한 길을 가고 있어……. 그리고 나 혼자만이 아니야. 이런 사람들은 많지. 우리는 특이한 사람들이야……. 어떤 질서 속에도 속하지 않는 우리에겐 특별한 생각이 필요하고 특별한 법이 필요해……. 매우 엄격한 법률이 우리를 사회에서 근절시킬 수 있도록! 왜냐하면 우리는 아무런 쓸모도 없고, 다른 사람이 가야 할 길을 막고 있을 뿐이거든……. 그런 우리 앞에 누가 죄가 있어? 바로 우리 스스로에게 죄가 있는 거야. 왜냐하면 우리에겐 삶에 대한 의욕이 없고, 자신에 대한 감정을 갖고 있지도 않거든……."

어린애 같은 커다란 눈망울을 한 그는 그렇게 가벼운 영혼으로, 조소하는 듯한 슬픔으로 자신을 근절시켜야 할 사람으로 분류했다. 이제껏 모든 것을 빼앗기고, 모두에게 적의를 품고 있고, 자신의 악에 받친 회의론을 힘으로 시험해 볼 준비가 항상 되어 있는 그런 부랑자들만을 보아 왔던 나는 그의 이 자기 비하에 매우 놀랄 수밖에 없었다. 나는 지금껏 모든 것을 다른 사람의 탓으로 돌리고, 사람들에 대해 불평하고, 언제든 자기 방어에 철저한 사람들만을 만나 왔었다. 그들은 항상 자신의 실패를 말 못 할 운명과 악한 사람들 탓으로 돌렸다…….

그런데 까노발로프는 운명을 탓하지도 않았고, 다른 사람에 대해서도 말하지 않았다. 내가 그에게 그는 '사회와 환경의 희생물'이라는 것을 증명하려 애쓰면 애쓸수록, 그는 더더욱 자신과 자신의 슬픈 운명에 대한 죄는 오직 자신에게만 있다는 것을 주장했다……. 이건 매우 특별하고 독창적인 것이었으며 나를 격노케 했다. 그런데 그는 자신을 비하시키면서 만족감을 느끼고 있었고, 그가 굵고 낮은 음성으로 내게 소리쳤을 땐, 그의 눈은 기쁨으로 반짝였다.

"모든 사람은 자신이 자기의 주인이야! 그래서 내가 비열한 놈이라 해도 그것에 대해선 누구에게도 죄가 없어!"

이런 말이 교양인의 입에서 나온 것이라면 난 놀라지 않았

을 것이다. 왜냐하면 '인텔리겐차'라는 복잡한 심리구조에서
찾을 수 없는 질병이란 없기 때문에…….

그런데 바로 부랑자의 입에서──. 비록 그가 망가진 운
명들, 헐벗고 굶주린, 악한 반인반수들, 도시의 더러운 빈민
굴을 가득 채운 사람들 사이에서는 인텔리라 할지라도 부랑
자의 입에서 이런 말을 듣는다는 것은 이상한 일이었다. 그
래서 까노발로프는 정말 특별한 사람이라는 결론을 내려야
했지만 난 그걸 원치 않았다.

까노발로프의 외모를 볼 때 부랑자들은 전적으로 주의를
기울일 만한, 매우 악하지만 멍청하지 않은, 그리고 오래 전
부터 하나의 계급으로 간주될 만한 그러한 집단이었던 것이
다. 그러나 나는 까노발로프로 인해 그 무리에도 이런 특이
한 사람들이 있음을 인정해야만 했다.

나는 그와 더욱 격렬하게 논쟁했다.

"좋아요, 잠깐만!"

나는 소리쳤다.

"그럼 만약 어떤 한 사람에게 사방에서 어두운 힘이 버티
고 서 있다면, 어떻게 그 사람이 그것을 견디며 제 발로 설
수 있죠?"

"더 강하게 버티는 거지!"

뜨거운 눈동자를 빛내며 나의 논적이 큰 소리로 말했다.

"그럼 무엇으로 버티죠?"

"자신의 견해를 찾아 버티는 거지!"

“그럼 형은 무엇으로 버티고 있는데요?”

“그러니까, 내가 네게 말했잖아. 나는 괴짜고 모든 운명은 내 탓이라고……. 내 견해를 찾지 못했다고! 찾으면서 우울해하지만 찾을 수 없어!”

우리는 빵을 살펴야 했고, 그래서 우리는 자신의 신념의 정당성을 서로에게 증명하려 애쓰며 일을 했다. 물론, 아무것도 증명하지 못했으며 흥분한 둘은 일을 끝내고 잠자리에 들었다.

까노발로프는 제빵소 바닥에 길게 누워 곧 잠이 들었다. 나는 밀가루 푸대 위에 누운 강한 그의 털북숭이 모습을 바라보았다. 뜨거운 빵 냄새와 발효한 반죽 냄새 그리고 이산화탄소 냄새가 풍겼다……. 날이 밝을 무렵, 밀가루 먼지로 뿌연 유리창을 통해 흐린 하늘을 바라보았다. 짐수레의 덜그럭거리는 소리가 났고, 목동이 가축을 불러 모으고 있었다.

까노발로프는 코를 골았다. 나는 그의 넓은 가슴이 들썩이는 것을 바라보며, 그를 나의 믿음으로 돌려 세울 수 있는 여러 가지 방법들을 궁리해 보았지만 아무것도 생각해 내지 못하고 잠이 들었다.

새벽에 우리는 일어나 세수를 하고, 반죽을 준비해 놓고는 차를 마시기 위해 궤짝 위에 앉았다.

“그런데, 네게 책이 있니?”

까노발로프가 물었다.

“있어요…….”

“내게 읽어 줄래?”

“좋아요.”

“좋아! 그러면, 한 달 지난 후에 내가 주인에게서 돈을 받으면 반은 네게 줄게!”

“왜요?”

“책을 사……. 네 맘에 드는 책을 사고, 그리고 내게는 두 권 정도라도 사다 줘. 나한테는 사내들에 대한 걸로. 그러니까 삘라와 시소이까와 비슷한……. 그리고 웃기는 이야기가 아닌, 안타까움을 가지고 쓰여진 것이어야 해……. 다른 것들은 모두 헛소리들이야! 빤필까와 필라뜨까──이런 책들은 첫 페이지에 그림까지 있는데, 멍청이들이야. 어리석은 행동을 하는 속물들에 대한 여러 가지 이야기들이지. 난 그런 건 좋아하지 않아. 난 네게 그런 책들이 있는 줄 몰랐어.”

“스쨍까 라진에 대한 책, 읽어 줄까요?”

“스쨍까에 대해? 좋은 책이야?”

“매우 좋은 책이에요…….”

“읽어 줘!”

나는 그에게 까스따마로프의 ‘스쨍까 라진의 반란’을 급히 읽어 주었다. 책의 첫 부분은 뛰어난 모노그래프이고 거의 장중한 서사시여서 나의 털북숭이 청취자에겐 마음에 들지 않았다.

“그런데 왜 거기엔 대화가 없는 거야?”

그는 책을 넘겨다보며 물었다.

내가 왜 그런지에 대해 설명했을 때, 그는 심지어 하품을 하기도 했다. 그는 하품을 감추려 했으나 성공하지 못했고, 그래서 당황한 그는 무안한 표정으로 내게 말했다.

"읽어, 괜찮아! 나는 그저……."

하지만 역사가가 예술가의 붓으로 스째빤 찌모뻬이찌의 모습에 대해 그리고, '볼가 강 유역의 탈주 농노 도적단의 우두머리'가 책 속에서 점점 강해지자 까노발로프의 자세는 근본적으로 달라졌다. 처음에 지루해하고 흥미없어했던, 흐린 졸린 눈의 그는 서서히 눈에 띄지 않게 자세를 바꾸어 마침내 내 앞에 경이로운 자세로 앉아 있었다. 그는 궤짝 위에 앉아 두 팔로 무릎을 감싸안고, 그 위에 턱을 괴고 있어 턱수염이 다리를 가렸고, 갈망하는 눈빛으로 모든 주의를 기울여 나를 바라보고 있었다. 그 속에는 나를 놀라게 했던 어린애 같은 순진함은 흔적도 없었고, 부드럽고 푸른 눈동자는 어둡고 생각에 잠겨 있었다. 야생의 사자 같은, 불길 같은 형상이 그의 근육질의 모습에서 드러났다. 나는 읽기를 멈추었다.

"계속 읽어."

조용히, 그러나 아주 인상적으로 그가 말했다.

"왜 그래요?"

"읽어 줘!"

그는 반복했다. 그의 부탁하는 말 속에는 흥분이 서려 있었다.

나는 계속 읽어나갔고, 가끔씩 그를 바라보며 그가 점점 더 흥분해 가고 있음을 느꼈다. 그에게서 나를 흥분시키고 취하게 하는 어떤 뜨거운 안개 같은 것이 흘러나왔다. 그리고 난 스째빤이 체포되는 부분까지를 읽었다.

"잡혔다고!"

까노발로프가 소리쳤다.

그의 이마에선 땀이 배어나왔고, 눈은 무서우리만큼 커졌다. 큰 덩치의 흥분한 그는 궤짝에서 뛰어내려와 내 앞에 멈춰 서선 내 어깨에 손을 얹고 서두르는 목소리로 크게 말했다.

"잠깐만! 읽지 마…… 말해 봐. 이제 어떻게 되는지? 아니야, 잠깐, 말하지 마! 그를 벌하겠지, 응? 어서 읽어, 막심!"

프롤까가 아니라 까노발로프가 마치 라진의 친형제인 것 같았다. 삼백 년이 지난 지금까지도 끊어지지 않은 핏줄 같은 것이 바로 이 부랑자와 라진을 연결하고 있는 느낌이 들었다. 까노발로프는 자신의 살아 있는 강한 육체, 그리고 영혼의 '견해' 없는 우울한 열정으로 지금 이 순간, 삼백 년 전에 사로잡힌 자유로운 매의 고통과 분노를 느끼고 있는 것이었다.

"그래, 읽어 줘!"

감정이 격앙되고 흥분한 나는 나의 심장이 뛰는 것을 느끼며, 까노발로프와 스쨴까의 슬픔을 함께 겪으며 책을 읽었다. 그래서 마침내 우리는 스쨴까를 고문하는 부분까지를 읽었다.

까노발로프는 이를 갈았고, 그의 푸른 눈동자는 장작의 불
길처럼 타올랐다. 그는 뒤에서 나를 덮치고, 그 또한 책에서
눈을 떼지 않았다. 그의 숨결은 내 귀를 울렸고, 그것이 내
머리칼을 얼굴로 흘러내리게 했다. 나는 그것들을 떨치기 위
해 머리를 흔들었다. 까노발로프는 그것을 보고 무거운 손바
닥을 내 머리 위에 올려놓았다.

"……그래서 라진은 이를 부드득 갈며, 피와 함께 이를
바닥으로 내뱉었다……."

"뭐라고!……제기랄!"

까노발로프는 내 손에서 책을 낚아채 힘껏 땅바닥으로 내
팽개치며 소리치고는 그도 바닥에 쓰러졌다.

그는 울고 있었다. 그리고 눈물이 창피했는지 흐느끼지 않
기 위해 그르렁거렸다. 그는 무릎 사이로 얼굴을 감추고 더
러운 줄무늬 바지로 눈물을 닦으며 울었다.

그런 그 앞에 궤짝에 앉은 나는 무어라 위로의 말을 해야
할지 몰라 안절부절했다.

"막심!"

바닥 위에 반쯤 앉은 까노발로프가 말했다.

"무서워! 뻴라…… 시소이까. 그리고 그 다음엔 스쨴까,
응? 도대체 어떤 운명들을 가지고 태어난 거냐구……? 그
러니까 이빨을 내뱉었다는 거지……! 응?"

그리고 그는 몸을 떨었다.

특히 그를 놀라게 한 부분은 스쨍까의 치아여서 그는 이것
에 대해 병적으로 몸을 떨었다. 우리는 둘 다 우리 앞에 서
있는 가혹한 고문의 영상에 취해 있었다.

"너, 내게 다시 한 번 읽어 줘, 들었니?"

까노발로프는 바닥에서 책을 주워 들어 내게 건네며 말했
다.

"그리고 이에 관한 부분이 어디에 적혀 있는지 보여 줘."

나는 그에게 손가락으로 그 부분을 짚어 보였고, 그는 그
행들을 뚫어져라 쳐다보았다.

"이렇게 써 있어? 「자신의 이를 피와 함께 쏟았다.」라
고? 그런데 글자는 다른 것들과 비슷한 것 같은데……. 세
상에! 얼마나 아팠을까, 응? 심지어 이까지……. 마지막에
는 어떻게 될까? 사형! 아! 그래 다행이야. 죽어 버리면 고
통은 없을 테니까!"

그는 만족스런 표정으로 스쨍까의 죽음을 열망했다. 나는
그가 스쨍까의 고문의 고통을 죽음으로 간절히 바라는 그의
가슴 아파하는 심정을 바라보며 경악을 금치 못했다.

우리의 하루는 이상한 안개에 싸여 흘러갔다. 우리는 스쨍
까의 삶과 노래들과 그의 고문에 대해 회상하며 그에 대해
얘기했다. 두 번 정도 까노발로프는 낮은 음성으로 노래를
부르기 시작했으나, 곧 멈추어 버렸다.

우리는 이 날 이후 서로서로에게 더욱 가까워졌다.

나는 그 날 이후 몇 번이나 더 '스쨍까 라진의 반란'과

'대장 부리바' 그리고 '가난한 사람들'을 읽어 주었다.

까노발로프는 대장 부리바도 역시 무척 마음에 들어했으나, 그를 스쩬까에 대한 강한 인상으로부터 떼어 낼 수는 없었다. 마까르 제부쉬긴과 바랴(가난한 사람들의 등장 인물. 역주)를 까노발로프는 이해하지 못했다. 그에게는 마까르가 바랴에게 보낸 편지가 우습게만 느껴졌고, 그래서 그는 그것에 대해 회의적으로 말했다.

"노인에게 꼬리를 치다니! 교활한 여자!…… 그런데 그는 또 뭐야, 허수아비 같으니라고! 그러니까, 너, 막심! 이 지루한 농담은 버려! 거기에 뭐가 있어? 그는 그녀에게, 그녀는 그에게……종이만 낭비했지……. 그걸 돼지에게나 갖다 줘라! 가슴 아프지도 않고, 우습지도 않고, 도대체 뭣 때문에 쓴 거야?"

난 그에게 뽀들리프 사람들에 대해 상기시켰지만 그는 동의하지 않았다.

"뻴라와 시소이까는 서로 다른 모델이야! 그들은 살아 있는 사람들이고, 그들은 살아서 싸우잖아! 그런데 그들은 뭐야? 편지나 쓰고……. 지루해! 이런 사람들은 살아 있는 사람이 아니고, 그저 생각해 낸 것에 불과해. 그런데 만약 따라스와 스쩬까가 함께 있었더라면……. 세상에! 그들은 어떤 나쁜 짓을 저질렀을까? 그 때 뻴라와 시소이까는 기운을 되찾았겠지?"

그는 시간의 개념을 잘 이해하지 못했고, 그래서 그의 개

념 속에서는 그가 좋아하는 모든 주인공들은 같은 시대에 존재했다. 단지 그들 중, 둘은 우슬리아에 살았고, 하나는 소러시아에, 하나는 볼가 강 유역에 살고 있을 뿐이었다. 그래서 나는 만일 시소이까와 뻴라가 깜마 강(볼가 강의 지류. 역주)을 따라 내려가도 스쬈까와 만날 수 없으며, 만일 스쬈까가 '돈 강 까자끼 마을을 지나 소러시아로 달려갔다.' 하더라도 부리바를 찾을 수 없다는 것을 힘들여 납득시켰다.

까노발로프가 무엇인지를 이해했을 때, 이것은 그를 슬프게 했다. 나는 그가 에밀리까에 대해 어떻게 반응하는지를 살펴보려고 뿌가쵸프에 대해 읽어 줄 것을 시도해 보았다. 하지만 까노발로프는 뿌가쵸프를 제쳐 두었다.

"이 나쁜 놈, 죄수! 황제의 이름으로 사기치고, 괴롭히고……. 얼마나 많은 사람들을 죽였어, 개 같은 놈!…… 스쬈까? ——동생 이건 전혀 다른 문제야.

그런데 뿌가쵸프는 싫은 놈이야. 더 이상은 아무것도 아니야. 그러니까 스쬈까 비슷한 책은 없어? 찾아봐……. 그리고 그 말도 안 되는 마까르는 버려, 재미없어……. 그러면 그 스쬈까를 처형하는 장면이나 한번 더 읽어 줘……."

휴일에 나는 까노발로프와 함께 강가 풀밭으로 향했다. 우리는 약간의 술과, 빵, 그리고 책을 가지고 가, 아침부터 까노발로프가 이 소풍을 그렇게 불렀듯이 '자유로운 공기 속에서' 하루를 보냈다.

특히 우리를 기쁘게 했던 것은 '유리 공장'으로 향하는 것이었다. 도시로부터 멀지 않은 들판에 서 있는 건물은 무엇 때문인지 그렇게 불렸다. 이것은 삼층짜리 돌건물이었는데, 지붕이 떨어져 나갔고, 창문이 망가지고, 여름내 지하실엔 약한 향기가 나는 진흙이 가득 차 있었다. 녹색빛을 띤 회색의 반쯤 무너지고 마치 버려진 듯한 이 건물은 들판에서 기형적으로 망가진 창문을 통해 도시를 바라보고 있었다. 그 모습은 마치 운명에서 버림받고, 도시에서 추방당해 불쌍하게 죽어 가는 것처럼 보였다. 반쯤 물에 잠겨 매년 물이 씻어 내렸지만 지붕에서 토대까지 푸른 곰팡이로 뒤덮여 있었고, 주변은 웅덩이로 둘려 있어 경찰의 잦은 방문을 막아 주었다. 그래서 그 집엔 지붕이 없음에도 불구하고 여러 부랑자들의 은신처가 되고 있다.

유리 공장엔 언제나 그런 류의 사람들로 가득했다. 헐벗고, 굶주리고, 햇빛을 무서워하는 그들은 이 폐허 속에서 부엉이들처럼 살았고, 나와 까노발로프는 그들이 기다리는 손님이었다. 왜냐하면 우리는 제빵소를 나서면서 큰 흰빵을 가져갔고, 가는 길에 1/4병의 술과 안주 거리로 한 상자의 '뜨거운' 간, 허파, 염통, 위를 사 갔다. 2, 3루블이면 우리는 까노발로프가 부르는 대로 '유리로 된 사람들'에게 매우 풍성한 대접을 할 수 있었다.

그들은 이 대접의 보답으로 그들의 순진한 거짓말과 영혼을 전율케 하는 엄청난 진실이 뒤섞여 있는 이야기들로 보답했다. 모든 이야기들은 우리 앞에 검은 실밥이 드러나 보이

고리끼

는 레이스로 나타났다. 그 하얀 레이스는 진실이었고, 그 속에서 여러 가지 빛깔을 한 거짓말과 만나고 있었다. 그런 레이스는 나의 머릿속을 파고들어 괴롭게 심장을 누르며 저리게 가슴을 조여 왔다. '유리 사람들'은 자신들의 방식으로 우리를 좋아했다. 나는 자주 그들에게 여러 가지 책들을 읽어 주었고, 거의 항상 그들은 주의깊게 생각에 잠겨 나의 낭독을 경청했다.

삶의 변두리로 쫓겨난 그들의 삶에 대한 지식은 나를 놀라게 했고, 그래서 나는 그들의 이야기를 탐욕스럽게 들었다. 하지만 까노발로프는 이야기하는 사람의 철학에 반대하고 나를 그 논쟁 속으로 끌어 넣기 위하여 그들의 이야기를 듣고 있었다.

환상으로 치장한 사람의 쉴 새 없는 입에서 쏟아지는 놀라운 인생과 운명에 대한 이야기를 듣고 나서, 그리고 항상 변명과 자기 방어에 급급한 이 이야기를 다 듣고 나서 까노발로프는 생각에 잠긴 듯 미소 짓고는 부정적으로 고개를 흔들었다. 이것을 모두는 눈치챘다.

"료사, 믿지 못한다는 거야?"

이야기한 사람이 소리쳤다.

"아니야, 믿어……. 어떻게 삶을 믿지 않을 수가 있겠어! 설사 그가 거짓말을 하는 것이 보인다 할지라도 듣고, 그가 왜 거짓말을 하는지 이해하려고 애써야지. 그리고 어떤 때는 거짓말이 진실보다 사람을 더 잘 설명할 때가 있다구…….

그래, 우리 모두가 어떻게 자신에 대해 어떤 진실을 말할 수 있겠어? 가장 불쾌한 진실은……, 그런 것들은 태워 버릴 수도 있고, 어쩌면 좋은 일인지도 모르지……. 안 그래?”

“그럼.”

이야기한 사람이 동의했다.

“그런데 아무튼 넌 왜 머리를 흔든 거야?”

“뭣 때문에 그랬냐구? 왜냐하면 네가 틀리게 생각하고 있기 때문이야……. 너는 마치 너의 모든 삶을 네 스스로가 아니라 다른 길 지나가는 사람들이 망쳐 놓은 것처럼 생각하도록 이야기하고 있잖아. 만일 그렇다면 바로 그 때 넌 어디에 있었지? 그리고 넌 왜 네 운명에 대해 아무런 일도 하지 않았느냔 말이야. 그리고 우리 모두가 사람들을 불평한다면 우리는 뭐야. 우리들도 사람이잖아. 그러니까 우리들에 대해서도 불평할 수 있지 않겠어? 사람들이 우리가 사는 걸 방해한다면, 우리 또한 누군가를 방해했다는 말이 되잖아, 안 그래? 그럼 이걸 어떻게 설명할 거야?”

“그러니까 그 안에서 누구도 누굴 방해하지 않는 삶을 만들어야지.”

누군가 까노발로프에게 말했다.

“그러면 누가 삶을 만들어야 하지?”

까노발로프는 자신보다 먼저 누군가 이 질문에 답할 것을 두려워하며 승리에 차 묻고는 즉시 답했다.

“우리야! 바로 우리들 자신이라구! 그러면 우리가 어떻

고리끼

게 삶을 만들어 나갈 수 있겠어? 만약 우리가 이것을 할 줄 모르고 우리 인생이 성공적이지 못했다면 말이야? 그러니까 형제들, 기본은 우리라는 얘기야, 바로 우리라구! 그리고 우리가 어떻다는 건 다 잘 알고 있잖아…….”

사람들은 자신에 대해 변명하며 그의 의견에 반대했지만, 그는 우리 앞에서는 그 누구도 죄가 없으며, 단지 모든 사람은 자신의 일에 대해 스스로에게만이 죄가 있다는 것을 끝까지 고집했다.

그를 이 상황에서 벗어나게 하기란 불가능한 일이었고, 그렇다고 그들에게 그의 의견을 심어 주는 것 또한 불가항력이었다. 그의 의견에 따르면, 한쪽 측면에서 볼 때 이들에게는 자유로운 삶을 만들어 갈 수 있는 권리 능력이 있지만, 다른 측면에서 볼 때 그들은 나약하고 결정적으로는 서로서로에게 불평하는 것 외에는 다른 능력이 없다는 것이었다.

이러한 논쟁은 자주 있었고 정오에 시작되어 자정쯤에 끝나곤 했으므로 나와 까노발로프는 어둠 속을 진창에 빠져 가며 ‘유리 사람들’로부터 돌아오곤 했다.

한번은 우리가 겨우겨우 진창에 빠지지 않고 어떤 소택지까지 다다른 적도 있었으며 그리고 또 한 번은 경찰의 잠복 감시망에 걸려, 경찰의 시각으로는 수상쩍은 사람들인 20여 명의 ‘유리 공장’ 사람들과 함께 밤을 새우기도 했다. 가끔씩 우리는 그들과의 철학적인 논쟁을 하고 싶지 않았고, 그래서 강 건너 쪽으로 발길을 돌렸다. 그 곳은 밀물에 휩쓸려

갇혀 버린 작은 물고기들이 사는 호수로 주변의 경치가 매우
아름다운 곳이었다. 우리는 호숫가 풀밭에 자리를 잡고 단지
분위기를 내기 위해 모닥불을 피우고, 책을 읽거나 인생에
대한 이야기를 했다. 그리고 가끔씩 까노발로프는 생각에 잠
겨 내게 청했다.

"막심! 하늘을 보자!"

우리는 등을 대고 누워 우리 앞의 푸른 심연을 바라보았
다. 그러면 우리는 처음 주위의 나뭇잎들이 사각거리는 소리
와 호수 물결의 출렁임을 들었고, 우리 밑에 땅이 있음을 느
꼈다. 그리고 점점 푸른 하늘이 우리를 자신에게로 끌어당기
는 듯했고, 우리는 땅으로부터 떨어지듯 존재의 느낌을 상실
한 채, 마치 텅 빈 하늘을 날아다니는 듯한 기분을 느꼈다.
우리는 서로의 이런 기분을 깨뜨리지 않으려고 작은 뒤척임
도 없이 침묵했다.

그렇게 몇 시간을 누워 있은 다음, 우리는 육체적 정신적
상쾌함을 되찾아 집이자 일터로 돌아오곤 했다.

까노발로프는 깊은 마음으로 자연을 사랑했고, 들판이나
강에서의 그의 모습은 천진한 어린애의 발랄함 그 자체였다.
가끔씩 그는 깊은 숨을 들여마시고는 하늘을 바라보며 소리
쳤다.

"아하!…… 좋다!"

이 외침 속에는, 표현할 수 없는 자연의 부드러운 아름다
움에 대한 진심에서 우러나오는 감탄이라기보다는 자신의 명

성을 지지하게 하려는 의도에서 자연을 감탄하는 많은 시인들의 미학적인 모습보다 더 깊은 의미와 감정이 깃들여 있었다.

모든 것과 마찬가지로 시도 그것을 직업으로 삼게 되었을 때, 자신의 성스러움을 잃게 되는 것이다.

하루하루가 흘러 두 달이 지나갔다. 나와 까노발로프는 많은 것에 대해 이야기했고 많은 것에 대해 읽었다.

'스쨴까의 반란'은 내가 그에게 너무도 자주 읽어 주었기 때문에 그는 이제 책을 한 페이지 한 페이지 처음부터 끝까지 자유롭게 자신의 언어로 이야기할 수 있게 되었다.

그리고 이 책은 그에게 가끔 감수성이 풍부한 어린아이의 마술 같은 옛날 이야기가 되기도 했다. 그는 그가 관계하는 사물들에 그 책의 주인공들의 이름을 붙여 주었고, 그러던 어느 날 선반에서 찻잔이 떨어져 깨져 버리자 화를 내며 이렇게 소리쳤다.

"야, 너. 군사령관 쁘라자로프스끼!"

망가진 빵은 쁘롤까라는 별명을 붙였고, 효모는 '스쨴까의 베개'라고 불렀으며, 스쨴까라는 이름은 소외되고 강하고, 불행하고, 성공하지 못한 모든 것의 동의어가 되었다.

우리는 우리의 첫 만남의 날에, 내가 편지를 읽어 주고 답장을 써 주었던 주인공인 까삐딸리나에 대해서 거의 잊고 있었다.

까노발로프는 필립이라는 사람에게 경찰에서 그녀를 빼내
줄 것에 대한 부탁과 함께 돈을 보냈지만, 필립에게서건 그
녀에게서건 아무런 대답도 오지 않았다.

그러던 어느 날 저녁, 내가 까노발로프와 함께 빵을 난로
에 넣을 준비를 하고 있을 때 별안간 제빵소 문이 열리고 어
둠 속에서 겁에 질린 듯한 여자의 낮은 목소리가 들려 왔다.

"실례합니다……."

"누굴 찾으세요?"

나는 물었고 바로 그 순간 까노발로프는 삽을 발 쪽으로
내리고 당황한 표정으로 자신의 턱수염을 당겼다.

"빵 기술자 까노발로프가 여기서 일하나요?"

그녀가 좀더 다가와 문지방 위에 섰을 때 천장에 매달린
전등빛이 하얀 털실로 짠 머릿수건을 쓰고 있는 그녀의 머리
위로 떨어졌다. 머릿수건 아래로 둥글고 귀염성 있는 들창코
의 얼굴이 드러났고, 포동포동 붉은 뺨과 똥똥한 붉은 입술
이 만들어 내는 보조개가 드러났다.

"여기 있어요!"

내가 그녀에게 대답했다.

삽을 내던지고 큰 발걸음으로 그녀에게 다가가던 까노발
로프는 갑자기 과장된 목소리로 기뻐하며 소리쳤다.

"여기, 여기야!"

"싸셴까!"

그녀는 그를 맞이하며 깊은 한숨을 내쉬었다.

"그래, 어떻게? 온 지 오래 됐어? 이렇게 널 만나다니! 풀려난 거야? 잘 됐어! 거 봐, 내가 말했었잖아……! 이젠 네게 다시 길이 생겼어! 용감하게 걸어가!"

여전히 문지방에 서서 그녀의 목과 허리를 껴안은 그는 서둘러 모든 걸 묻고, 알아 냈다.

"막심……동생, 오늘은 혼자서 해 봐. 나는 이 부인 일로 바쁘니까……. 그래, 까빠. 짐은 어디다 풀었어?"

"난 바로 여기로, 당신에게……."

"여기——로? 여기는 안 돼…… 여기선 빵을 굽고 그리고……. 어찌 됐든 여기는 안 돼! 우리 주인은 매우 엄격한 사람이야. 다른 곳에서 밤을 보내라고 할 거야……. 여관 같은 데서 말이야."

그리고 그들은 나갔다. 나는 빵들과 전투를 벌이며 이른 아침까지는 그를 기다릴 생각을 하지 않았다. 그러나 그는 놀랍게도 세 시간쯤 지난 뒤에 나타났다. 그런데 내가 더욱 놀랐던 것은 내가 그를 바라보았을 때, 그의 얼굴에는 기쁨 대신 우울하고 피로에 지친 기색만이 역력했다.

"무슨 일이에요?"

난 많은 호기심을 가지고 물었다.

"아무것도 아니야……."

그는 우울하게 대답하고는 잠시 침묵한 후 거칠게 침을 내뱉었다.

"아니, 그래도……."

· · ·
까노발로프

나는 고집을 부렸다.

"이게 너와 무슨 상관이야?"

피로한 듯 소리치고 그는 온몸을 쭉 펴고 궤짝 위에 누웠다.

"그래도……그래도……그래도, 여자라고!"

그에게 해명을 얻어 내기 위해서는 많은 노력이 필요했고, 마침내 그는 내게 이런 대략적인 설명을 해 주었다.

"여자! 내가 바보가 아니었을 땐 이런 일이 일어나지 않았어, 알겠어? 넌 말하기를 여자도 사람이다!라고 했지. 그녀도 뒷다리로만 걸어다니고, 풀을 먹지 않고, 말하고 웃고 하니까 짐승은 아니지. 그렇지만 내 짝은 아니야……. 왜냐구? 그건……, 나도 몰라! 느낌으로, 그냥 어울리지가 않아. 하지만 왠지 이해할 수가 없어……. 그러니까 그 여자, 까삐딸리나는 이런 소릴 했지. 「아내 비슷하게 당신과 함께 살고 싶어요……」 말도 안 되는 소리야! 그래 내가 말했지. 「자, 귀여운 아가씨야, 넌 바보야. 생각해 봐. 네가 어떻게 나랑 살겠는지. 첫번째로 나에겐 음주벽이 있고, 두 번째로 내겐 집도 없고, 세 번째로 나는 부랑자라 한 곳에서 살수가 없어……, 그리고 그것 외에도 아주 많아……」 그런데도 그녀는 「음주벽, 뭬! 기술 일을 하는 사람들은 다 지독한 술주정뱅이예요. 그런데도 그들은 부랑자가 아니잖아요. 집은 아내가 생기면 생길 거예요. 그리고 그렇게 되면 어디로도 떠나지 않을 거고……」 그래서 내가 말했지.

「까빠, 난 어떻게 해 봐도 그렇게 살 수 없어. 왜냐하면 난 알고 있거든. 난 그런 삶을 살 줄도 모르고, 배우지도 않을 거야.」그런데도 그녀는 「그럼 난 강으로 뛰어들어 버릴 거야!」그래서 내가 「이 바보——오야!」그러자 그녀는 욕을 해 대기 시작했지. 「야, 너, 날 꼬셔 놓고, 나쁜놈, 사기꾼, 악마……!」그리곤 다시 시작하고, 시작하고……. 완전히 미쳐 날뛰는 거야. 난 거기서 도망칠 뻔했지. 그리곤 울기 시작했어. 울면서 날 원망하는 거야. 「뭣 때문에 날 거기서 꺼낸 거야. 만약 네게 필요하지 않았다면 왜 날 거기서 꺼냈어? 그럼 난 지금 어디로 가란 말이야? 넌 바보야……」그래, 지금 그 여잘 어떻게 해야 하겠어?”

“그러니까, 형. 정말 그 여잘 거기서 왜 꺼냈어요?”

“왜냐구? 이런 괴짜를 봤나! 불쌍하잖아! 사람을 괴롭혀서, 모든 사람에게, 그냥 지나가는 사람에게까지 불쌍한 마음이 드는데 어떡하겠어. 가정을 꾸리겠다거나 그런 마음은 없었어. 아니야, 전혀! 그것에 대해 난 동의조차 할 수 없다구! 어디로 봐서 내가 가정을 꾸밀 사람 같아? 내가 만약 그렇게 할 수 있는 사람이었다면 진작 그렇게 했지, 다른 어떤 이유가 있었겠어? 지참금도 받을 수 있고 그런데……. 이건 내 능력 밖의 일인데 어떻게 일을 저지를 수가 있겠어? 그녀는 울고……물론 이건 좋은 일은 아니지……. 하지만 어떻게 해? 난 못 해!”

그는 자신의 우울한 주장인 '못 해!'와 함께 머리를 세차

게 흔들었고, 두 손으로 턱수염을 헝클어뜨리며 궤짝에서 일
어섰다. 그는 낮게 고개를 떨구고 제빵소를 왔다갔다하기 시
작했다.

"막심!"

그는 애원하듯 말하기 시작했다.

"네가 그녀에게로 가서 그러니까, 무엇이든 왜 그렇고, 뭣
때문에 그런지 얘기해 줄 수 없을까, 응? 가 봐, 동생!"

"내가 가서 그녀에게 무슨 말을 해요?"

"모든 진실을 말해 줘!…… 그러니까 그는 할 수 없다고,
그는 그런 일에 어울리지 않는다고……. 아니야, 이렇게 말
해 줘……. 그에게는 불치병이 있다고!"

"하지만 그건 거짓말이잖아요?"

나는 웃기 시작했다.

"그렇지……, 거짓말이지……. 하지만 좋은 이유에서잖
아, 응? 에잇, 제기랄! 완전히 죽쒔구만! 도대체 내게 마누
라가 말이나 되는 소리야?"

이 말을 하며 그는 주저와 놀람으로 두 팔을 벌렸다. 분명
한 것은 그는 도저히 부인을 얻을 수 없다는 것이었다! 그리
고 그가 이 이야기를 익살스럽게 했음에도 불구하고, 그 이
야기의 극적인 측면이 나로 하여금 그녀의 운명에 대해 깊이
생각하게 했다.

그는 제빵소 안을 여전히 왔다갔다하며 이제는 혼자말처럼
중얼거렸다.

"그리고 이제는 그 여자가 내 마음에 들지도 않아. 한마디로 공포야! 그저 나를 괴롭히고, 바닥 없는 연못처럼 날 어디론가 잡아끌고…… . 야, 너 신랑을 점 찍으러 왔냐! 멍청하고 교활한 계집애 같으니라고."

이건 그의 마음속에 있는 부랑자의 본능, 자유에 대한 끝없는 갈망의 감정이 이야기를 시작한 것이었다. 벌써 조금은 갉아 먹혀 버린…… .

"아니야, 그런 지렁이로는 날 잡지 못해. 난 강한 물고기야!"

그는 자신을 칭찬하듯 소리쳤다.

"내가 이렇게 한다면…… . 그럼 정말 어떻게 될까?"

그는 제빵소 중간에 멈춰 서서 미소 짓고는 생각에 잠겼다. 나는 그의 흥분된 표정을 따르며 그가 무엇을 결정했는지 알아내려고 애썼다.

"막심! 꾸반으로 가자!"

나는 이것을 기대하지 않았다. 나는 그와의 관계에 있어서 몇 가지 문학 교육적인 계획을 가지고 있었다. 나는 그에게 읽고 쓰는 것을 가르치려는 계획을 가지고 있었고, 이 부분에 대해 내가 알고 있는 모든 것을 그에게 전해 주고 싶었다. 그는 여름 내내 이 곳을 떠나지 않겠다는 약속을 했었고, 이것은 나의 목표를 가볍게 해 주었다. 그런데 갑자기…… .

"아니, 이건 말도 안 되는 소리예요!"

당황한 나는 그에게 소리쳤다.

“그럼 나보고 어떡하란 말이야!”

그 역시 소리쳤다.

나는 그에게 까삐딸리나의 도전은 이제 그렇게 심각한 일
이 아니고, 이 상황을 헤쳐 나가려면 좀더 살펴보고 기다려
볼 필요가 있다는 말을 하기 시작했다.

하지만 오래 기다릴 필요도 없게 되었다.

우리는 빵 난로 앞에 창문 쪽으로 등을 대고 앉아 이야기
하고 있었다. 시간은 자정이 가까웠고, 까노발로프가 돌아온
지 한 시간 반 가량이 지났을 무렵이었다. 갑자기 우리 뒤에
서 유리창이 쨍그랑 하는 소리가 들렸고, 시끄러운 소리를
내며 무거운 유리병이 바닥으로 깨져 나갔다. 우리는 둘 다
깜짝 놀라 벌떡 일어섰고, 창문 쪽으로 달려갔다.

“안 맞았어!”

창문을 통해 찢어지는 듯한 목소리가 들려 왔다.

“조준을 잘못했어! 어쩌면 좋아…….”

“가아──자!”

짐승 같은 남자의 저음이 으르렁거렸다.

“가아──자, 그건 내가 이따 박살을 내줄 테니까!”

절망적이고 히스테리컬한, 술 취한 깔깔거림이 신경을 찌
르며 거리로부터 창문으로 날아들었다.

나는 그 순간 거리에 선 두 개의 다리만을 보았다. 그것은
마치 기댈 곳을 찾는 듯 벽돌로 된 담장에 부딪치며 이상하
게 흔들렸다.

“가아——자니까!”

남자의 저음이 두서없이 지껄였다.

“놔! 날 잡아끌지 마. 정신 좀 차리게 해 줘. 안녕, 싸샤! 안녕…….”

그 뒤 상스러운 욕이 뒤따랐다.

창문 쪽으로 가까이 다가간 나는 까뻬딸리나를 보았다. 보도를 손으로 짚고, 아래로 고개를 숙인 그녀는 제빵소 안을 들여다보려 애쓰고 있었고, 그녀의 헝클어진 머리칼은 어깨와 가슴으로 흘러내렸다. 하얀 머릿수건은 저 쪽으로 떨어지고, 옷의 가슴팍은 찢어져 있었다. 까뻬딸리나는 만취되어 있었고, 이쪽저쪽으로 비틀거리며, 딸꾹질하며 욕하며 눈물이 뒤범벅이 된 술 취한 붉은 얼굴로 떨리는 찢어지는 목소리로 소리를 질러 댔다…….

그녀 위로 커다란 남자가 몸을 숙였다. 그는 한쪽 손을 그녀의 어깨에 짚고, 다른 손을 벽에 기대어 계속 으르렁거렸다.

“가아——자!…….”

“싸샤! 넌 날 망쳤어…… 기억해 둬! 저주를 받을 거야, 이 악마! 너를 이 세상에서 만나지 않았더라면, 그랬더라면 좋았을걸……. 내겐 희망이 있었는데……, 넌 날 비웃었어……. 좋아! 숨어 버렸다 이거지! 그 못돼먹은 낯짝이 창피하지도 않냐……. 싸샤……, 내 사랑.”

“난 숨지 않았어…….”

궤짝 위로 올라가 창문가로 다가간 까노발로프는 작고 굵은 목소리로 말했다.

"난 숨지 않아……. 그런데 너는 헛되이……난 네게 좋은 일을 원해. 잘 될 거야. 그런데 넌 완전히 미련한 짓만 하고 있으니……."

"싸샤, 날 죽여 줄 수 있어요?"

"왜 그렇게 술을 마셨어? 내일 뭐가 어떻게 될지 네가 알기나 해?"

"싸샤, 싸샤! 날 죽여 줘!"

"그렇게 될 거야! 가아——자!"

"나쁜놈! 넌 왜 좋은 사람인 척했어?"

"이게 무슨 소리야, 응? 당신들은 누구요?"

야간 순찰대의 호루라기 소리가 이 대화에 끼여들어 말을 멈추게 했다.

"뭐 때문에 난, 널 믿었을까 제기랄……."

그녀는 창문 밑에서 흐느껴 울었다.

그리곤 갑자기 누군가 그녀의 다리를 잡았고, 재빠르게 위로 들어 올려 어둠 속으로 사라졌다. 낮은 통곡소리가 울려 퍼졌다…….

"경찰서엔 가기 싫어! 싸아——샤!"

그녀는 구슬프게 외쳤다.

다리를 따라 무거운 발소리가 들려 왔다.

호루라기 소리, 낮은 흐느낌, 통곡…….

“싸아——샤! 내 사랑!”

누군가가 모질게 대하는 것 같았다. 모든 것은 우리로부터 멀어졌고, 조용해졌으며 악몽처럼 사라져 버렸다.

엄청난 속도로 완벽하게 패배한 이 무대에 당황한 나와 까노발로프는, 어둠 속의 거리를 바라보았고, 울음과 으르렁거림, 욕설, 경찰의 외침, 병적인 신음 소리로부터 한동안 정신을 차릴 수 없었다. 난 몇몇 개의 소리를 기억해 냈고, 이 모든 것이 실제로 있었던 일이라는 것을 겨우 믿을 수 있었다. 이 작은 하지만 비극적인 드라마는 무섭도록 빠른 속도로 끝나 버렸다.

“이제 다 끝났어……!”

어두운 밤의 정적 속에 다시 한 번 묵묵히 창문을 바라본 까노발로프는 짧게 말했다.

“어떻게 그녀가 나를!…….”

두 팔로 경사진 창문의 턱을 짚고, 궤짝 위에 무릎 꿇은 자세로 몇 초가 지난 후 그는 놀람 속에 계속 말을 이었다.

“경찰서로 떨어졌어……. 술 취해서……. 어떤 망할 자식과 함께. 이렇게 빨리 끝나 버리다니!”

그는 깊은 한숨을 내쉬고 궤짝에서 내려와 푸대 위에 앉고는, 손으로 머리를 감싸고 낮은 목소리로 내게 물었다.

“막심! 도대체 이게 어찌 된 일이야……? 이제 난 어떻게 해야 하지?”

나는 말했다. 가장 먼저, 자신이 무엇을 원하는지 이해할 필요가 있고, 처음에 그 일의 몇 가지 가능성이 있는 결말을 생각해 두어야 한다고. 그는 이 모든 것을 이해하지 못했고, 알지도 못했으며, 이 모든 것을 자신의 탓이라고 했다. 나는 까삐딸리나의 신음 소리와 고함 소리에 그리고 술 취한 '가아——자!'에 대해 화를 냈다. 이 모든 것은 아직도 내 귀에 생생했으며 나는 용서할 수 없었다.

그는 고개를 떨군 채 내 얘기를 들었고, 내가 이야기를 마쳤을 때, 머리를 들었다.

나는 그의 얼굴에서 놀람과 경악을 보았다.

"그래, 이 모든 건!"

그는 소리쳤다.

"이 모든 건 빈틈없이 짜여졌어! 자, 그래서……, 이제 어떡하라고, 어떻게? 그 여잘 어떻게 하란 말이야?"

그의 말투에는 그녀에게 자신의 죄가 있음을 진심으로 인정하는 완전히 어린애 같은 구석이 많았으며, 너무나 당황해하는 모습이 역력했다. 그래서 그가 가엾다는 생각이 들었으며, 내가 그에게 너무 심하게 이야기했다는 생각을 했다.

"왜 내가 거기서 그 여잘 건드렸을까?"

까노발로프는 후회했다.

"에이! 어떻게 그녀는 지금 나를……. 난 경찰서로 가서……그녀를 보살펴 주겠어……. 그녀를 만나 보고……그렇게 해야겠어. 그녀에게 무슨 이야기라도 해 줘야지……. 가야겠지?"

· · ·

나는 그녀와 그와의 만남에서 과연 어떤 해결점을 찾을 수 있을까에 대해 생각했다. 그는 그녀에게 무슨 말을 할 것인가? 그렇게 술 취한 여자에게, 그리고 그녀는 지금쯤 아마 잠들어 있을 것이다.

하지만 그는 자신의 생각을 고집했다.

"갈 거야. 아무튼 난 그 여자가 잘 되길 바라……. 그리고 거기에 있는 사람들이 그녀에게 뭘 해 주겠어? 갈 거야. 곧 돌아올게!"

그리고는 머리에 모자를 쓴 그는 평소 멋부릴 때 신던 그 헌 구두도 신지 않은 채 제빵소를 나갔다. 나는 모든 일을 마치고 잠자리에 들었다. 그리고 새벽에 잠이 깬 나는 습관처럼 까노발로프가 잠자는 곳을 바라보았으나 그는 없었다.

그는 저녁 무렵이 되어서야 모습을 드러냈다.

그의 얼굴은 날카로운 주름살과 흐릿한 눈동자로 우울하고 피곤해 보였다. 그는 나를 바라보지 않은 채 궤짝으로 다가가 내가 준비해 놓은 것을 살펴보고는 침묵한 채 바닥에 누웠다.

"어찌 됐어요, 그녀를 만났어요?"

내가 물었다.

"만나고 왔어."

"그래 어떻게 됐어요?"

"아무것도 아니야."

그는 말하고 싶지 않음이 분명했다. 그에게 그런 기분은 오래 가지 않는다는 것을 알고 있었기에 난 그를 괴롭히지 않기로 했다. 그는 하루 종일 일과 관련된 짤막한 말들만 꼭 필요할 때 몇 마디 던졌을 뿐, 하루 종일 말이 없었고, 고개를 숙인 채 그가 들어올 때 하고 있었던 그런 흐린 눈동자로 제빵소를 어슬렁거렸다. 그 속에는 마치 무언가가 꺼져 버린 듯했다. 그는 기력없이 천천히 일했으며 생각에 매여 있었다. 밤에 우리는 마지막 빵을 난로에 넣었을 때, 빵을 태우지 않기 위해 잠자리에 들지 않았고, 그는 내게 부탁했다.

"스짼까에 대해 무엇이든 읽어 줘."

고문 장면과 처형에 대한 묘사가 그를 가장 감동시켰기 때문에 나는 그 부분을 읽어 주기 시작했다. 그는 바닥 위에 등을 대고 누워 팔다리를 쭉 뻗은 채, 미동도 없이 둥근 천장을 바라보았다.

"그렇게 한 사람을 죽였구나."

천천히 까노발로프는 이야기하기 시작했다.

"그래도 그때는 살 만했지. 자유로웠거든. 어디로든 갈 수가 있었어. 그런데 지금은 고요, 평온함, 어디를 보더라도 완전히 평온한 삶이지. 책들, 읽고 쓰기……사람들은 방어 없이, 어떤 감독도 없이 살지. 죄를 짓는 건 금지되어 있지만 죄를 짓지 않는 건 불가능하고……. 왜냐하면 거리엔 질서가 있지만, 영혼 속은 온통 혼란스럽거든. 그래서 누구도, 그 누구를 이해할 수 없지."

"그런데 까삐딸리나랑은 어떻게 됐어요?"

내가 물었다.

"응?"

그는 꿈에서 깨어났다.

"까쁘까랑? 됐어, 그만해……."

그는 단호하게 손을 내저었다.

"그러니까 끝냈다는 얘기죠?"

"내가? 아니야……. 그녀 스스로가 끝냈지."

"어떻게요?"

"매우 간단하지. 그녀의 입장을 계속 고수하고, 더 이상은
아무것도 없어……. 모든 게 옛날대로지. 단지 옛날에 그녀
는 술을 안 마셨는데, 지금은 마시게 되었다는 거……. 넌
빵을 살펴, 난 잘 테니까."

제빵소 안은 조용해졌다. 램프는 그을음을 냈고, 가끔씩
난로의 아궁이 뚜껑이 탁탁 소리를 냈으며, 다 구워진 빵껍
질 또한 탁탁 소리를 내며 갈라졌다. 거리에서는 우리의 창
문을 마주 하고 선 야경꾼들이 이야기하고 있었다. 그리곤
또 거리로부터 이상한 소리가 들려 왔는데, 어디선가 간판이
삐걱거리는 소리 같기도 하고, 누군가의 신음 소리 같기도
했다.

나는 빵을 꺼내고 자리에 누웠지만 잠이 오지 않았다. 그
래서 나는 밤의 모든 소리에 귀 기울이며 눈을 반쯤 감고 누
워 있었다. 그리곤 보았다. 까노발로프가 소리없이 일어나
선반으로 다가가서는 '스쨴까의 반란'을 집어 들고, 그것을

펼쳐 얼굴 가까이로 가져갔다. 내게는 그의 생각에 잠긴 얼굴이 선명하게 보였고, 나는 누워서 그가 행을 따라 손가락을 짚어 가며 머리를 끄덕이고, 페이지를 넘기고, 다시 집중해 책을 바라보고 그리곤 시선을 내게로 옮기는 것을 보았다. 무언가 야릇하고 긴장된 그리고 비밀스러운 것이 그로부터 빠져 나와 그의 생각에 잠긴 여윈 얼굴을 비추었고, 그것은 오랫동안 내게로 향해 있었다. 그것은 내게 전혀 새로운 것이었다.

난 내 호기심을 참지 못하고 그에게 물었다.

"난 네가 잠든 줄 알았어……."

그는 당황해했다. 그러고는 책을 손에 든 채, 내게로 다가와 옆에 앉고는 말을 더듬으며 이야기를 시작했다.

"그러니까, 난……네게 이런 걸 물어 보고 싶어……. 어떤 거라도 삶의 질서에 관해 쓴 책은 없을까? 어떻게 살아야 하는가에 대한 교훈 같은 것 말이야? 나쁜 행동과 좋은 행동을 난 스스로에게 해명해야 하거든……. 난 내 행동에 대해 당황하게 돼……. 그러니까, 처음엔 좋은 것처럼 생각되는데, 마지막에 가서는 나쁜 게 돼 버리거든. 까쁘까에 대한 일만 해도 그래."

그는 마음을 수습하고 부탁조로 계속했다.

"그러니까 행동에 관한 책이 없나 좀 찾아봐 줘, 응? 그리고 내게 읽어 줘."

얼마간의 침묵이 흘렀다.

· · ·
고리끼

"막심……!"

"네?"

"까삐딸리나가 나에 대해 뭐라고 말했지!"

"됐어요, 다 지난 일인데……."

"물론이지. 지금은 아무것도 아닌 일이지……. 그러니까 얘기해 봐……, 그녀가 옳지?"

이건 간지러운 질문이었고, 그래서 나는 잠시 생각한 후 고개를 끄덕였다.

"그래, 나도 그렇게 생각하고 있었어……맞아……."

까노발로프는 우울하게 말을 끌고는 입을 다물었다.

그는 바닥 위에 깔려진 자신의 거적 위에서 많은 시간을 보냈다. 몇 번이나 일어섰다 담배를 피웠다 창문 밑에 앉았다 그리곤 다시 누웠다.

얼마 후 나는 잠들었고, 내가 잠에서 깨었을 때 그는 제빵소에 없었다. 그는 저녁 무렵에서야 나타났다. 그는 온통 먼지 같은 것으로 뒤덮여 있는 듯했고, 그의 흐린 눈 속에는 무언가 움직이지 않는 것이 굳어 있었다. 모자를 바닥으로 내던진 그는 한숨을 내쉬며 내 옆에 앉았다.

"어디 갔었어요?"

"까쁘까를 보러 갔었어."

"그래서요?"

"됐어, 그만 해 동생! 내가 말했잖아……."

"괜찮아요. 그런 사람들이랑 뭘 어떻게 하겠어요……."

나는 그의 기분을 낫게 해 주려고 습관대로 강한 힘에 대해, 그리고 이 상황에 맞는 모든 이야기를 시작했다. 까노발로프는 바닥을 응시한 채 고집스레 입을 다물었다.

"아니야, 그게 아니야! 거기에 문제가 있는 게 아니야! 난 한마디로 말해 전염성이 있는 사람이야……. 난 세상에 살아야 할 운명이 아니야……. 내게서 해로운 영혼이 퍼져 나간다구. 내가 어떤 사람에게 가까이 다가가면 그는 내게서 전염된단 말이야. 그래서 난 모든 사람에게 슬픔만 가져오지……. 내가 평생 동안 누군가에게 만족감을 주었는지 생각해 봐도, 아무도 없어! 그래도 난 많은 사람들과 관계를 가졌지……. 난 몹쓸 놈이야……."

"무슨 잠꼬대 같은 소리예요!"

"아니야, 정말이야!"

그는 확신에 차 머리를 흔들었다.

나는 그의 생각을 바꾸려 했으나, 그는 내 말 속에서 자신의 삶의 쓸모없음에 대한 확신을 끌어 냈다…….

그는 빠르고 현격하게 변해 갔다. 생각에 잠기고, 생기없게 변했으며, 책에 대한 관심을 잃었고, 과거 같은 열정 없이 조용히 소심하게 일했다.

자유 시간이면 그는 바닥에 누워 둥근 천장만을 응시했다. 그의 얼굴은 초췌해졌고, 눈은 아이 같은 선명한 반짝임을 잃었다.

"싸샤, 왜 그래요?"

나는 그에게 물었다.

"음주벽이 시작됐어."

그는 우울하게 말했다.

"곧 나는 술을 마시기 시작할 거야……. 내 속이 타고 있어……. 가슴앓이 같은 거, 알아……? 때가 된 게야……. 이건 내가 몇 번이고 질질 끌어왔던 내 역사지. 이 일이 날 잡아먹을 거야. 왜냐하면 난 사람에게 잘해 주려고 그랬는데 갑자기……, 완전히 망쳐 버렸잖아! 그래서 동생, 삶에는 행동의 질서가 필요한 게야……. 모든 사람들이 하나같이 행동하고 서로서로 도와 줄 수 있게 해 주는 그런 법은 생각해 낼 수 없는 거야? 서로서로 그런 분위기에서 살 수는 없는 거냐구! 과연 똑똑한 사람들은 지상에 질서가 필요하고, 분명하게 사람들을 이끌어야 한다는 걸 이해하지 못한단 말이야?…… 에——에흐마아!"

삶의 질서의 불가피성에 대한 생각에 몰두한 그는 내 이야기를 듣지 않았다. 그리고 그는 심지어 내게 낯설게 느껴지기 시작했다. 그러던 어느 날, 삶의 변혁에 대한 내 계획을 101번째 들은 그는 내게 화를 냈다.

"야, 너……난 벌써 그 이야길 수백 번은 더 들었어. 그런데 거기, 삶에 있어서가 문제가 아니라, 사람에 있어서가 문제란 말이야……. 가장 중요한 것은 사람이야……. 알겠어? 그리고 그 이상은 아무것도 없어……. 네 말대로 하면 모든 걸 개조하는 동안 사람은 그대로 남아 있어야 한다는

까노발로프

거잖아. 아니야, 너는 모든 것을 개조하기 전에 사람들에게
방법을 보여 줘……. 그들에게 세상이 밝고, 답답하지 않기
위해……. 그게 바로 삶을 위한 일이야. 그들에게 자신의 길
을 찾는 법을 가르쳐 줘야 해…….”

나는 반대했고, 그는 흥분하거나 우울해져 지루하다는 듯
소리쳤다.

“에이, 그만둬!”

그렇게 한번은 그가 저녁때 제빵소를 나가 밤에도 돌아오
지 않았고, 다음 날에도 돌아오지 않았다. 그 대신 걱정어린
얼굴을 한 주인이 나타나 공표했다.

“우리 싸샤가 술 마시고 주정하기 시작했어. ‘스쨴까’에
앉아 있더라구. 새 빵 기술자를 찾아야겠어…….”

“돌아올지도 모르잖아요?”

“그럴까, 기다려 봐……? 난 그를 알아…….”

나는 돌담 속에 교묘하게 세워진 선술집 ‘스쨴까’로 향했
다. 그 집 안에는 창문이 없었고, 빛이 천장을 통해 들어오는
것이 특징이었다. 사실 그것은 사각형의 웅덩이었는데 땅 속
을 파들어가 위를 널판지로 덮은 것이었다. 그 곳에는 흙과,
매운 담배 냄새, 지독한 술 냄새가 풍겼고, 항상 단골 손님들
로 가득했다——음침한 사람들, 그들은 하루 종일 그 곳에
죽치고 앉아 방탕한 생활을 하는 사람이 그들의 발끝까지 술
에 취하도록 술 사기를 기다리고 있었다.

까노발로프는 선술집 중앙의 커다란 테이블에 앉아 있었

고, 그의 주위에는 기묘하게 찢어진 옷을 입고, 고프만 이야
기의 주인공 같은 표정을 한 6명의 신사가 존경하는 듯 아첨
하는 듯 그의 이야기에 귀 기울이고 있었다.

그들은 맥주와 보드카를 마시고 있었고, 마른 흙덩어리 비
슷한 것을 안주로 먹고 있었다.

"마셔, 형제들. 마실 수 있는 만큼 마시라구. 내게는 돈도
있고, 옷도 있으니까……. 모두 합치면 사흘은 충분하지. 모
두 마셔 버리면 그러면 끝이지! 더 이상 일하고 싶지도 않
고, 여기서 살고 싶지도 않아."

"추접스런 도시야."

존 팔스따프(셰익스피어의 작품 '헨리 4세'의 등장 인물. 인
생을 즐기는 뚱뚱하고 탐욕스런 인간. 역주)를 닮은 이가 말했
다.

"일?"

다른 사람이 의심스런 눈초리로 천장을 쳐다보곤, 놀란 듯
물었다.

"인간이 과연 그것을 위해 태어났을까?"

그리고 그들 모두는 까노발로프에게 그의 권리이자 의무라
는 것을 증명하기 위해 떠들어 대기 시작했다.

"아, 막심……. 배낭도 그들에게 줘 버려!"

나를 보고 까노발로프는 신소리를 했다.

"그리고, 책들도, 위선자들도 모두 치워 버려! 동생, 나
는 결정적으로 궤도를 이탈하고 말았어. 끝이야! 머리끝까

지 취하고 싶어……. 몸에 머리카락만 남을 때까지 마셔 버릴 거야. 넌, 꺼져. 어?”

그는 아직 취해 있지 않았고, 단지 그의 푸른 눈동자만이 흥분으로 빛나고 있었다. 그의 가슴엔 부채처럼 드리워진 멋진 턱수염이 움직였고, 그의 아래턱은 신경질적인 경련으로 떨고 있었다. 윗도리의 가슴팍은 흐트러져 있었고, 하얀 이마에는 작은 땀방울들이 반짝였으며 내게로 내민 맥주잔을 든 손은 떨리고 있었다.

“그만둬요, 싸샤. 여기서 나가요.”

나는 그의 어깨에 손을 얹으며 말했다.

“그만두라고?…….”

그는 웃기 시작했다.

“만약 네가 10년쯤 빨리 내게 와서 그렇게 얘기했더라면 그만뒀을지도 모르지. 하지만 이제 그만두지 않는 편이 나아……. 내가 뭘 하겠어? 난 느끼고, 모든 걸 느껴, 삶의 모든 움직임을……. 하지만 아무것도 할 게 없으니까……마셔 봐.”

그의 패거리들은 나를 불쾌한 눈초리로 바라보았고, 모든 12개의 눈동자는 평화를 사랑하는 것과는 거리가 먼 눈빛으로 나의 체구를 가늠했다.

불쌍한 그들은 내가 까노발로프를 데려갈까 봐 두려워했다. 어쩌면 그들이 일주일 내내 기다렸을지도 모르는 대접을…….

"형제들, 이 사람은 내 동료야. 학자지, 제기랄! 막심, 너 여기서 스챈까에 대해서 읽어 줄 수 있겠니……? 아, 형제들. 세상에 어떤 책들이 있는지! 뻴라에 대해서……. 막심, 아? 형제들, 이건 책이 아니야, 피와 눈물이야. 그런데 뻴라는 내가 아닐까? 막심!…… 그리고 시소이까도 나고…… 에이, 하느님! 바로 이렇게 해명이 됐구먼!"

그는 경악에 찬 커다란 눈동자로 나를 바라보았고, 그의 아랫입술은 이상하게 떨렸다. 패거리들은 내키지 않는 투로 내게 자리를 내주었다. 나는 까노발로프와 나란히 앉았고, 바로 그 순간 그는 맥주와 보드카가 반씩 섞여 있는 잔을 움켜잡았다.

그는 이 폭탄주로 가능하면 빨리 자신을 귀머거리로 만들고 싶어함이 분명했다. 술을 단숨에 들이켠 그는 흙덩어리처럼 보였던 것을 집어 들었는데, 그것은 염소고기였다. 그것을 잠시 바라본 그는 그걸 어깨너머 술집 벽으로 던져 버렸다.

패거리들은 굶주린 개처럼 서서 낮은 소리로 꼴각 침 넘어가는 소리를 냈다.

"난 구제불능이야……. 무엇 때문에 어머니가 날 세상에 태어나게 했을까? 아무것도 알 수 없어. 어둠!…… 답답함!…… 안녕, 막심. 만약 네가 나와 마시길 원치 않는다면 난 제빵소로 가지 않을 거야. 난 주인에게 받을 돈이 있어. 받아서 내게 줘. 난 그 돈으로 몽땅 마셔 버릴 거야……. 아니야! 가져가서 책을 사……. 받을 거야? 원치 않는다고?
필요없어……. 그래도 가져가. 만약 그렇다면 넌 돼지야
……. 내게서 사라져! 사라져 버리라고!"

술에 취한 그의 눈이 짐승처럼 빛났다.

패거리들은 정말로 내 목을 비틀어 버릴 준비를 하고 있었
고, 썰렁한 분위기를 피해 나는 밖으로 나왔다.

세 시간쯤 후, 나는 다시 '스짼까'에 앉아 있었다. 까노발
로프의 패거리는 두 명이 더 늘어나 있었다. 그들은 모두 취
해 있었고, 그래도 그는 가장 덜 취해 있었다. 그는 탁자에
팔꿈치를 의지한 채, 천장의 구멍을 통해 하늘을 바라보며
노래를 부르고 있었다. 술주정뱅이들은 다양한 자세로 그의
노래를 듣고 있었고, 몇 명은 딸꾹질을 했다.

까노발로프는 저음으로 노래를 부르고 있었고, 모든 전문
가수들이 그렇듯이 고음에서는 가성으로 넘어갔다. 손으로
뺨을 떠받친 그는 감정을 넣어 우울한 급조의 연속음을 냈
고, 얼굴은 흥분으로 인해 창백해졌고, 눈은 반쯤 감겨 있었
으며 자랑스레 몸을 앞으로 숙였다. 8명의 취객들은 그를 아
무런 생각 없이 바라보았고, 단지 중얼거림과 딸꾹질 소리만
을 냈을 뿐이었다. 까노발로프의 목소리는 떨렸고, 울었고,
신음했다. 그래서 노래를 부르는 까노발로프 자신도, 자신이
부르는 노래를 듣는 것이 가슴이 아플 정도였다.

괴로운 악취, 땀에 젖은 술 취한 얼굴들, 두 개의 석유 램
프, 때와 그을음으로 더러워진 벽, 그리고 흙바닥, 구덩이를

가득 메운 연기——이 모든 것이 음울하고 병적이었다. 마치 그들의 향연은 지하 묘지에서 벌이는 잔치 같았으며, 그들 중 한 명이 죽음 직전에 하늘과 작별하며 마지막 노래를 부르는 것 같았다. 절망적인 슬픔, 고요한 절망, 탈출구 없는 우울이 까노발로프의 노래 속에 울려 퍼졌다.

"막심, 여기 있어? 내 일등 대위가 되어 주겠나?"

노래를 멈추고, 그는 내게 손을 내밀며 말하기 시작했다.

"나는 동생, 완전히 준비가 다 돼 있어……. 도당을 만들 거야……. 여기 있잖아……. 이따가 사람들이 더 들어올 거야……. 우리가 찾으면 돼! 이건 아무것도 아니야! 뻴라와 시소이까는 불러 오면 되고……. 그러면 매일 그들에게 맛있는 죽과 쇠고기를 먹일 거야……. 좋지? 갈 거지? 넌 책을 가지고 와……. 스쨴까와 다른 친구들에 대해 읽어 줘……. 친구! 아, 속이 거북해. 속이 거북하다구……. 거부 ─ 욱 ─ 해 ─ 애……!"

그는 힘껏 탁자를 내리쳤다. 술병과 잔들이 벌떡 소리를 냈고, 정신을 차린 패거리들은 곧 선술집을 엄청난 소음으로 가득 채웠다.

"마셔, 친구들!"

까노발로프가 소리쳤다.

"마셔들! 정신을 차리라구. 사방으로 날아다녀!"

나는 그들로부터 나와 문 옆에 잠깐 서 있었고, 까노발로프가 혀가 꼬부라진 소리로 외쳐 대는 소리를 들었다. 그리고 그가 다시 노래를 부르기 시작했을 때, 나는 제빵소로 향했고 내 뒤로 밤의 정적 속에 꼴사나운 술 취한 노래가 오랫동안 신음하며 울었다.

이틀 후, 까노발로프는 도시에서 어디론가 사라졌다.

전 생애를 생활 속에서 살 수 있는 인내심을 찾고, 그 모든 어려운 환경 속에서도, 하잘것없는 법률로 규정된 풍속 속에서도, 그리고 병적인 자기 사랑과 이상적 종파주의, 모든 비진실성, 한마디로 말해 이 모든 냉정해진 감정과 생활과, 생활에 지쳐 지식을 타락시키는 이 환경에서 어디든 떠나지 않기 위해서는 교양 있는 사회에서 태어나야 한다. 나는 이런 사회 밖에서 태어났고, 자랐으므로 여러 가지 이유로 얼마간의 시간이 흐르기 전까지는 그 문화를 받아들일 수 없었고, 내게는 이 틀에서 벗어나 생활의 병적인 섬세함과 극단적인 복잡함으로부터 조금이나마 벗어나 활력을 되찾고자 하는 욕망은 나타나지 않았다.

시골에서 사는 것은 인텔리들 사이에서처럼 속이 거북하고 우울하다. 가장 좋은 일은, 비록 그 곳이 더럽다 할지라도 모든 것이 단순하고 진실한 도시의 빈민굴로 가거나, 모든 호기심이 활력을 되찾고, 튼튼하고 힘센 다리 외엔 아무것도 필요치 않은 조국의 길이나 들판을 따라 걷는 것이다.

5년 전, 나는 바로 이 여행을 결심하고, 러시아 전역을 돌아다니기 시작했으며, 그러던 중 페오도시아로 가게 되었다. 그 때 그 곳은 공사가 한창 진행중이었고, 나는 여비를 벌 겸

· · · ·
고리끼

건설 현장으로 향했다.

처음에는 일하는 사람들의 모습을 자세히 살펴볼 요량으로 산으로 올라가 끝없는 모래와, 바다를 막고 있는 개미만한 사람들을 밑으로 굽어보며 앉아 있었다.

내 앞으로는 노동의 위대하고 생생한 그림이 펼쳐져 있었다. 만 앞의 돌로 된 해변은 온통 파헤쳐져 있었고, 구덩이 주위에는 돌, 나무, 손수레, 통나무, 쇠막대기, 바위 깨는 기계, 그리고 통나무로 만들어진 어떤 장치들이 널려 있었다. 그 모든 것들 사이를 사람들이 바쁘게 움직이고 있었다. 그들은 다이너마이트로 산을 폭파시켰고, 철도를 놓기 위한 자리를 다져 가며 곡괭이로 산을 팠다. 그리고 그들은 거대한 양의 시멘트를 반죽한 다음 입방체의 커다란 덩어리를 만들어 그칠 줄 모르는 파도의 거대한 힘을 막을 요새를 구축하기 위해 바다로 던져 넣었다. 기형적으로 변해 버린 어두운 갈색 산에 사람들은 벌레들처럼 작게 보였고, 벽돌더미와 나무 숲, 돌먼지 구름, 30도를 넘나드는 남쪽 땅의 폭염 속을 부산하게 움직였다. 그들을 둘러싼 혼란은 마치 그들 위의 하늘이 이러한 그림을 그려 내는 것 같았다. 사람들이 태양의 열기와 그들을 둘러싼 우울한 파괴로부터 땅 속으로 들어가려 애쓰며 산 위에 방울방울 떨어져 있는 듯한.

답답한 대기 속에 불평과 신음 소리가 있었고, 곡괭이로 돌깨는 소리가 울려 퍼졌으며 손수레 바퀴가 노래했다. 주철 덩어리가 통나무 위로 낮은 소리를 내며 떨어졌고, '뱃사공

까노발로프

의 노래'가 울려 퍼졌으며, 통나무를 쪼개는 도끼 소리가 들렸다. 그리고 어둡고 회색빛의 분주한 사람들의 모습이 온통 목청을 돋우어 소리쳐 댔다.

"—잡—아—아!"

그리고 파헤쳐진 산은 틈사이로 낮게 따라 했다 '아—아—아!'

여기저기 널린 망가진 판자들 위로 돌멩이를 가득 채운 짐 수레에 몸을 숙인 사람들의 행렬이 천천히 움직였고, 그들 반대쪽에서 빈 수레를 끄는 다른 행렬이 1, 2분씩 휴식을 취해 가며 천천히 움직였다…….

말뚝 박는 기계 근처에는 빽빽하고 알록달록한 일련의 사람들의 무리가 서 있었고, 그들 중 누군가 고음으로 천천히 노래를 불렀다.

이—에흐—마, 형제들. 매우 덥구랴!
이—에흐! 아무에게도 우리는 가엾지 않네!
오—오이, 뱃사공 노래.
힘껏 치인다!

산과 바다 사이의 광장 사방에서 공기 중으로 외침 소리와 먼지, 괴로운 땀냄새를 뿌리며 작은 회색 사람들이 바삐 움직였다. 그들 사이로 차가운 노란 눈동자처럼 햇빛에 반짝이는 금속 단추를 단, 흰 여름 제복을 입은 관리자들이 빈둥거리며 왔다갔다했다.

바다는 조용히 안개 낀 수평선까지 달려나갔고, 자신의 투명한 파도를 해변까지 밀어 보내며 철썩거렸다. 햇빛에 빛나는 바다는, 만일 자신이 원한다면 단 한번으로 난쟁이들의 일을 뭉게 버릴 수 있다는 것을 인정하는 걸리버의 선량한 미소를 짓고 있는 것 같았다.

바다는 온통 눈부심으로 누워 있었다. 크고, 강하고, 선량한 그의 호흡은 일에 지친 사람들에게 생기를 북돋워 주며 해변 쪽으로 날아갔다. 마치 바다는 그들을 가엾어하는 것 같았다. 바다의 오랜 관록은 자신을 대항해 무언가를 건설하는 사람들을 이해할 줄 알았고, 그들이 단지 자연의 노예일 뿐임도 알았으며, 그들의 자연에 대한 직접적인 대항에 보복할 준비도 되어 있었다. 사람들은 단지 영원히 일하며 건설할 뿐이며 그들의 땀과 피는 모든 것을 건설하는 시멘트가 되지만 그들은 그들의 모든 힘을 건설에 바친 데 대해 아무런 보상도 받지 못한다. 그 노력은 지상에 기적을 창조하지만, 그러나 사람들을 살펴 주는 바람막이가 돼 주지는 못하며 매우 작은 빵만을 제공할 뿐이다. 그리고 그들 또한 자연의 일부에 불과한지라, 바다는 그들에게 어떤 이득도 가져다 주지 않는 그들의 노동을 분노에 찬 눈이 아닌 부드러운 눈길로 바라본다. 이렇게 산을 구멍투성이로 만들어 놓은 이 작은 회색벌레들과 마찬가지로 바다의 작은 물방울들은 자신의 경계를 넓히려는 끝없는 노력으로 해안 절벽에 몸을 부딪히며 사그라진다. 그리고 이러한 작은 물방울들이 모여 강력한 파괴 성향을 지닌 폭풍을 몰고 오는 것이다. 물론 바다에게는 그 옛날 황무지에 피라미드를 세운 사람들도 노예였고, 바다가 자신의 장난감 다리를 부러뜨린 것에 대한 벌로 바다를 300대나 때렸던 어떤 우스운 사람도 노예에 불과했다. 노예들은 언제나 동일하다. 그들은 항상 죄를 뒤집어썼고, 언제나 굶주렸으며, 언제나 위대한 기적적인 일을 수행했고 가끔씩 그들은 자신들을 일터로 몰아 낸 사람들을 부자로 만들어 주었고, 또 가끔씩은 주인을 저주하며 그들에 반대해 왔다…….

파도가 자신들의 영원한 움직임에 돌 장벽을 쌓고 있는 사람들에게로 달려온다. 달려오며, 과거에 대한 수세기에 걸쳐 자신이 이 땅의 해변에서 보았던 모든 것에 대한 자신의 부드러운 노래를 부른다…….

……일하는 사람들 가운데는 붉은 두건과 터키식 모자를 쓰고 짧은 푸른색 윗도리에 종아리에 딱 달라붙은 바지를 입은 마른 구릿빛의 몸체들이 보였다. 그들은 내가 첫눈에 알아보았듯이 소러시아 터키 인이었다. 그들의 굵은 음색은 뱌찌치 인(오까 강 부근에 살았던 고대 슬라브 민족의 하나. 역주)들의 긴장된 늘어지는 말소리와 볼가 연안 사람들의 굵고 빠른 말투와, 소러시아 인들의 부드러운 말이 섞여 들려 왔다.

러시아는 굶주리고 있었고, 기아가 거의 모든 불행한 현들의 대표자들을 이곳으로 내몬 것이었다. 그들은 같은 지방

· · ·

고리끼

사람들끼리 뭉치려 애쓰며 작은 그룹으로 나뉘어져 있었고,
단지 세계적인 부랑자들만이 어떤 곳에도 속하지 않는 옷차
림과 특이한 말투로 그들로부터 분리되어 있었다. 부랑자들
은 어느 그룹에나 다 있었다. 뱌찌치 사이에도 소러시아 인
속에도, 어느 곳이든 그들은 자신의 자리에 서 있는 것처럼
느꼈고 대다수의 그들은 수레 일이나 곡괭이의 일보다 수월
한 말뚝 박는 기계 일에 모여 있었다. 내가 그들에게 다가갔
을 때 그들은 밧줄에서 손을 떼고 지휘자가 밧줄을 기계에
얽어매기를 기다리며 서 있었다. 그는 위에서 나무로 된 기
둥을 휘젓고 소리쳤다.

"당겨!"

천천히 밧줄이 움직였다.

"멈춰!…… 당겨! 멈춰! 꺼져!……."

오랫동안 면도하지 않은 주근깨투성이 얼굴의 군인 같은
자세를 한 선창자가 어깨를 움츠리고 눈을 저 쪽으로 돌리고
는 기침을 하고 돌아섰다.

"기집애, 말뚝을 땅 속으로 박고 있네……."

다음 시구는 가장 너그러운 검열 기관일지라도 참아 주지
못할 것이었고, 좌중의 폭소를 불러일으켰다. 이것은 자신의
즉흥시 발표에 대한 이러한 반응에 익숙해져, 동료들의 웃음
앞에 배우처럼 콧수염을 꼬고 있는 선창자에 의해 방금 창작
된 즉흥시였다.

"꺼져!"

말뚝 박는 기계 위로부터 지시자가 날뛰며 소리쳤다.

"껄껄 웃었다 이거지!……."

"미뜨리치, 조심해. 얻어 터질라!……."

일꾼들 중 하나가 그에게 경고했다.

그런데 그 목소리는 내 귀에 익었고, 나는 어디선가 이 키 크고 푸른 눈동자를 본 적이 있었다. 이건——까노발로프? 하지만 까노발로프에게는 이 젊은이 같은 오른쪽 관자놀이로 부터 미간까지 높은 이마를 관통하는 흉터가 없었고, 그는 고수머리였으며 이 젊은이처럼 반고수가 아니었다.

까노발로프는 아름다운 턱수염이 있었으나 이 사람은 깔끔 하게 면도질되어 있었고, 마치 우크라이나 인처럼 끝이 아래 로 처진 숱 많은 콧수염이 나 있었다. 그러나 그에게는 뭔가 낯익은 구석이 있었다. 그래서 나는 '일자리를 얻기 위해서 는' 누구에게 이야기를 해야 하는지를 그에게 물어 보기로 결정하고, 말뚝박기 일이 끝날 때를 기다렸다.

"오 - 오 - 우후! 오 - 오 - 오흐!"

군중들이 거세게 숨을 내쉬었다. 자세를 낮추어 밧줄을 당 기며, 그리고 다시 하늘을 날아오를 듯한 자세로 몸을 똑바 로 폈다.

말뚝 박는 기계는 끼긱 소리를 내며 떨었고, 군중의 머리 위로 밧줄과 함께 당겨져 거친 몸체를 드러냈다. 사람들의 근육은 혹처럼 부풀었고, 40푸드짜리 주철덩이가 위로 날아 올라가 간격이 좁아질수록 나무를 때리는 그의 타격은 점점 약하게 들렸다.

나는 이것을 바라보며 우상 숭배자의 무리가 절망과 엑스타시에 빠져 손을 흔들며 자신의 침묵한 신께 기도하며 성호를 긋는 듯한 인상을 떠올렸다. 땀에 젖은 더러워진 얼굴들과 흐트러져 얼굴에 달라붙은 머리카락, 갈색 목, 긴장되어 떨리는 어깨, 이 모든 육체들은 여러 가지 빛깔의 찢어진 셔츠에 겨우 가려져 그들 주위에 뜨거운 증기를 내뿜었고, 폭염 속의 공기 중으로 사라졌다.

"그만!" 누군가 악에 받친 찢어지는 목소리로 소리쳤다.

일꾼들은 밧줄을 놓았고, 밧줄은 약하게 말뚝 박는 기계 가까이에 걸렸으며, 일꾼들은 땀을 닦고 힘겹게 숨쉬며 등을 펴고 어깨를 두드렸다. 그리고 그들은 짐승의 으르렁거림 비슷한 불평으로 대기를 채우며 질펀하게 땅에 주저앉았다.

"동향인!" 나는 점 찍어 둔 사내에게 말을 걸었다.

그는 천천히 나를 돌아보았고, 자신의 눈으로 내 얼굴을 훑어보며 눈을 찡그렸다.

"까노발로프!"

"잠깐……."

그는 내 목을 움켜잡듯 손으로 머리를 잡아당기더니 기쁨에 가득 찬 미소로 타올랐다.

"막심! 야, 너……, 자식! 내 친구……, 아? 그러니까 너 네 길을 떠나온 게야? 방랑자 그룹에 가입했어? 그래 좋아! 기가 막혀! 오랫동안 돌아다닌 거야? 그런데 어디서 오는 길이지? 그래 우리 이제 함께 모든 땅을 행진하는 거야! 거기선 사는 게 어때? 여긴 우울함뿐이지. 사는 게 아니라 피곤해지는 거야! 막심, 그 때 나는 온 세상을 따라 거닐기 시작했었어. 얼마나 여러 곳을 가 보았는지! 어떤 공기를 호흡했는지……. 아니, 그런데 너는 얼마나 교묘하게 치장을 했던지 선뜻 알아보지 못했어! 옷으로 보면 군인이고 낯짝으로 보면 대학생이라니까! 그런데 어때, 이곳저곳 떠돌아다니며 사는 게 좋지? 난 지금도 스쨴까에 대해 기억해. 따라스도, 뻴라도…… 모두!……."

그는 주먹으로 장난스레 내 허리를 쳤고, 넓은 손바닥으로 내 어깨를 두드렸다. 나는 그의 홍수처럼 퍼붓는 질문에 한 마디의 대꾸도 못 한 채, 만남의 기쁨으로 빛나는 그의 선량한 얼굴만 바라보며 미소 짓고 있었다. 나 또한 그를 만나서 기뻤다. 매우 기뻤다. 그와의 만남은 진정 나의 삶에서 가장 좋았던 시절이었고, 그와의 재회로 그 시절이 빠르게 머릿속을 스쳐 지나갔다.

마침내 나는 내 오랜 친구에게 어디서 이마의 흉터를 얻었으며, 어떻게 반고수머리가 되었는지 물어 볼 수 있게 되었다.

"아, 이거 네가 보다시피…… 일이 있었지. 난 언젠가 세 명의 동료와 함께 루마니아 국경을 넘어갈 생각을 했었지. 루마니아는 어떤지 살펴보고 싶었거든. 우리는 까굴에서 출발했어. 그래서 바로 국경 근방의 베싸라비라는 곳에 이르게

되었지. 밤에, 우리는 물론 조용히 걸었지. 그런데 갑자기
「서라!」 하는 외침소리가 들렸어. 우리는 바로 세관 국경
경비대 쪽으로 가고 있었던 거야. 그래서 도망쳤지. 그랬는
데 그 때 한 병사가 내 얼굴을 찔렀어. 별로 아프지 않았었는
데, 그래도 난 한 달 정도 병원 신세를 졌지. 그런데 일이 또
어떻게 된 거냐면! 그 병사가 알고 보니 동향 사람인 거야!
우리 무렴스끼 사람!…… 그도 곧 병원에 입원했지. 한 밀
수꾼이 그의 배를 칼로 찔렀거든. 우리는 서로 화해했지. 병
사가 내게 물었어. 「내가 형씨를 깊숙이 찔렀소?」——「형
씨도 알겠지만 그렇게 해야 했소.」「화내지 마시오, 일이 그
런 거니까. 우리는 당신들이 밀수꾼과 함께 가는 줄 알았소.
이것 보시오, 그들이 내 배를 어떻게 했는지. 어떻게 하겠
소. 인생은 진지한 놀이인데.」 그 다음 우리는 친해졌지. 야
쉬까 마진이라는 좋은 군인이었어……. 그리고 고수머리는?
고수머리는, 동생. 디푸스에 걸리고 난 후에 이렇게 되었지.
디푸스에 걸린 적이 있었거든. 내가 허가 없이 국경을 넘어
가려 했다고, 날 끼쉬네프에 있는 감옥에 집어넣었는데, 거
기서 디푸스에 전염되었지……. 죽을 고비를 수없이 넘기다
겨우 일어났지. 영원히 일어나지 못할 수도 있었는데, 그 때
한 보조 간호원이 나를 아주 잘 간호해 주었어. 그녀는 마치
나를 어린애 다루듯 했는데, 내가 그녀에게 무엇에 쓸모가
있겠나? 그래서 내가 그녀에게 말했지. 「마리아 뻬뜨로브나
너무 잘해 주지 마세요. 제겐 부끄럽습니다!」 그런데 그녀

는 스스로를 비웃었지. 착한 아가씨였는데……. 그녀는 영
혼을 구원해 주듯 내게 가끔 책을 읽어 주었어. 그래서 나는
「아니 뭐 그런 거 없어요?」라고 물었지. 그래서 그녀는 난
파선에서 혼자 살아 남아 무인도에 자신의 삶을 건설하는 영
국인 선원에 대한 책을 가져왔어, 너무 재미있는 책이야! 내
마음에 너무나 들어 내가 그 곳으로 가고 싶을 정도였지. 어
떤 삶인지 알겠어? 섬, 바다, 하늘. 너는 그 곳에 혼자 살
고, 네겐 모든 것이 다 있지. 그리고 넌 자유로워! 그 곳은
아직 원시였다구. 나는 원시를 개척했을 거야. 그럼 내겐 아
무것도 필요치 않아! 내게도 누구에게도 지루하지 않지. 넌
그런 책을 읽어 봤니?”

“그런데 형은 어떻게 감옥에서 나왔어요?”

“내보내 줬지. 재판해서 무죄 선고 받고 석방되었지. 매우
간단해……. 자, 그러니까 난 오늘 더 이상 일하지 않겠어.
일은 젠장할 귀신이나 잡아가라고 해! 괜찮아. 돈은 내게 3
루블이나 있고, 오늘 반나절 일한 값으로 40까뻬이까를 받
을 거야. 그러면 얼마나 많은 자본이야! 그러니까 나와 같이
가자……. 일꾼들 기숙사가 아니라 저기 산으로……. 거기
엔 사람이 살기에 알맞은 굴이 있어. 우리 둘이서 집을 만드
는 거야. 거기에 내 동료 한 명이 누워 있어. 발작이 그를 괴
롭히고 있지. 지금 관리자를 만나고 올 테니, 넌 잠깐 앉아
있어……, 금방 올게!…….”

그는 재빨리 일어섰고, 말뚝 박는 일꾼들이 일을 시작하려

밧줄을 잡았을 바로 그 때, 저 쪽으로 갔다. 나는 혼자 남아 나를 둘러싼 시끄러운 부산함과, 고요한 푸른빛 도는 녹색 바다를 바라보며 바위 위에 앉아 있었다.

까노발로프의 커다란 몸집은 사람들과 돌더미, 나무, 수레들 사이를 재빠르게 헤치며 멀리 사라져 갔다. 그는 손을 흔들며, 그에게는 너무 짧고 끼는 푸른색 사라사 셔츠와 낡은 구두 차림으로 달려갔다. 아마색의 모자가 그의 커다란 머리 위에서 흔들거렸다. 가끔씩 그는 뒤를 돌아다보며 손으로 어떤 표시를 했다. 그는 이제 새롭고 생기 있는 무언가에 확신이 찬 강한 사람이 되어 있었다. 그의 주위는 온통 일로 부산했다. 나무를 끌었고, 돌을 깼고, 손수레가 움직였고, 피어오르는 구름 먼지 속에 어떤 조각들이 떨어져 나갔다. 사람들은 소리쳤고, 욕했으며, 넘어지기도 했고, 신음하듯 노래했다. 이 모든 혼란 속에서 곧은 걸음으로 어딘가를 향하는 내 친구의 모습은 현저하게 두드러졌고, 마치 까노발로프를 설명해 주는 암시처럼 보였다.

만난 후 2시간 가량이 지나 우리는 '인간의 주거를 위해 매우 편리한 굴'에 누워 있었다. 정말로 이 굴은 편리했다. 언젠가 오래 전에 바위를 파내어 사각형 홈을 만든 것으로 적어도 4명은 그 속에서 자유롭게 움직일 수 있었다. 하지만 구멍은 낮았고, 입구에 돌덩어리가 차양처럼 드리워져 있어, 굴 속으로 들어가려면 굴 앞에서 누운 다음 그 속으로 몸을 밀어 넣어야 했다. 굴의 깊은 곳은 3아르신(구 러시아의 척도

단위. 71.12센티미터. 역주) 정도나 되었지만 위험한 것은,
이 차양이 입구 위로 떨어져 우리를 영원히 그 곳에 묻어 버
릴 수 있다는 것이었다. 우리는 그렇게 되기를 원치 않았으
므로 다리와 몸통은 굴 속으로 밀어 넣고, 머리는 태양 아래
로 내밀었다.

　아픈 부랑자는 태양 아래로 나와 우리로부터 두 걸음 정도
떨어진 곳에 누워 있었는데, 발작으로 인해 그의 이가 부딪
히는 소리를 들을 수 있었다. 그는 마르고 길쭉한 우크라이
나 인이었는데 나에게 조용히 '뽈따바에서 왔소.'라고 우크
라이나 어로 말했다.

　그는 자신의 회색 겉옷으로 몸을 감싸려 애쓰면서 땅 위를
뒹굴었고, 그는 이 모든 노력이 헛됨을 알면서도 욕을 했다.
그렇게 욕을 하면서도 그는 계속 몸감싸기를 했다. 그의 검
고 작은 눈동자는 항상 무엇을 응시하듯 계속 찡그렸다.

　태양이 참기 어려울 만큼의 폭염을 뒤통수로 내리쪼이자
까노발로프는 땅에 지팡이를 꽂은 다음 내 군복 외투로 천막
흉내를 냈다. 멀리 만으로부터 일하는 둔탁한 소음이 들려
왔지만 우리는 그것을 볼 수 없었다. 우리들로부터 오른쪽으
로는 하얀 집들이 옹기종기 모여 있는 도시가 펼쳐져 있었
고, 왼쪽으로는 바다, 그리고 우리 앞으로는 끝없는 바다가
환상적인 아름다움을 지닌 신기루처럼 펼쳐져 있었다…….

　까노발로프는 그 곳을 바라보며 미소 띤 얼굴로 내게 말했
다.

“해가 지면 모닥불을 피우고, 차를 끓이자. 우리에게는 빵
과 고기가 있어. 수박 먹을래?”

그는 굴 한쪽 구석에서 수박을 꺼냈고, 주머니에서 칼을
꺼내 수박을 자르며 말했다.

“매번 바다 근처에 머무를 때면 나는 생각하지. 왜 사람들
은 바다 주변에 많이 살지 않을까? 바다 주변에 살면 좋을
텐데 말이야. 왜냐하면 바다는 부드럽고, 바다로부터 인간의
영혼을 밝게 하는 생각들이 생기잖아. 그건 그렇고, 참 네가
요 몇 년 동안 어떻게 지냈는지 얘기해 주렴.”

나는 그에게 말해 주기 시작했다. 바다 먼 곳은 벌써 태양
과의 만남을 준비하는 듯 장밋빛 안개 구름이 부드러운 모습
으로 피어 올랐고, 적자색 구름으로 뒤덮였다. 그 모습은 마
치 바다 밑바닥에서 석양빛을 머리에 인 하얀 산이 일어서는
것 같았다.

“그건 전혀 무의미한 짓이야, 막심. 도시에서 발버둥친다
는 건…….” 나의 서사시를 들은 까노발로프는 확신하듯 말
했다.

“무엇이 널 도시로 이끌지? 그 곳의 삶은 썩었어. 공기도
없고, 순박함도 없고, 인간에게 필요한 것이라고는 아무것도
없어. 사람들? 사람들이야 어디에든 있지……. 책? 책이야
읽으면 되지! 이런 일들을 위해 넌 태어난 게 아니야…….
그리고 책이라는 것도 다 엉터리야. 그렇다면 책을 사, 그래
서 배낭에다 넣고 다니면 되잖아. 나와 함께 타쉬켄트로 가

지 않을래? 사마르칸트나 또 다른 어느 곳이든?…… 그리
고 그 다음에는 아무르를 점령하는 거야……. 어때? 동생,
나는 사방으로 걸어다니기로 결정했어. 걸어다니며 새로운
것을 보는 거지……. 그리고 무엇에 대해서도 생각하지 않
는 거야……. 널 맞이하기 위해 바람이 불고, 영혼으로부터
온갖 먼지들을 쫓아 내 줄 거야. 쉽고도 자유롭지……. 무엇
에 대해서든, 누구에 대해서든 부끄러울 것이 없지. 배가 고
파지고 피곤해지면 무엇이든 조금 일하는 거야. 일거리가 없
으면 빵을 부탁하면 돼, 줄 거야. 이렇게 하면 지상의 많은
것을 볼 수 있지……. 가자, 모든 아름다움으로 응?”

해가 졌다. 바다 위 구름은 어두워졌고, 바다 또한 어두워
졌으며 서늘함이 느껴졌다. 어디선가 벌써 별들이 반짝였고,
만에서 들려 오던 일의 소음도 사라졌다. 단지 그 쪽으로부
터 사람들의 환성 소리가 조용히 들려 올 뿐이었다. 그리고
우리에게로 바람이 불어 올 때, 바람은 해변을 거스르는 파
도의 멜랑콜리한 소리를 함께 실어 왔다.

밤의 어둠은 빠른 속도로 짙어져 5분 전만 해도 어떤 윤곽
이 드러났던 우크라이나 인의 모습이 지금은 어떤 꼴사나운
덩어리처럼 보였다…….

“모닥불 좀…….”

그는 기침하며 말했다.

“피워야지…….”

까노발로프는 어디선가 많은 나뭇가지들을 끌어와 성냥으

로 불을 지폈다. 불의 가는 혓바닥은 나무를 부드럽게 핥기 시작했다. 연기 줄기가 바다의 습기와 신선함이 가득한 공기 속으로 퍼졌다. 그리고 주변은 갈수록 조용해졌다. 삶은 우리로부터 어딘가로 멀어져 가듯, 삶의 소리들은 어둠 속으로 녹아 들고 꺼져 버렸다. 구름은 흩어져 버렸고, 어두운 푸른 하늘에서 별들이 밝게 빛나기 시작했으며 바다의 융단 같은 수면 위로 고기잡이배들의 불빛과 반사된 별빛이 반짝였다. 모닥불은 우리 앞에 환하게 불그스름한 노란꽃처럼 피어올랐다……. 까노발로프는 그 속에 차주전자를 집어넣고, 무릎을 안고 앉아 생각에 잠긴 채 불빛을 바라보고 있었다. 우크라이나 인은 마치 거대한 도마뱀처럼 모닥불 쪽으로 기어왔다.

"사람들은 도시에 집들을 지어 놓고, 그 곳에 산더미처럼 모여 땅을 더럽히고 부패시키며 서로서로 붙어 지내지……. 좋은 인생이야! 아니야, 바로 이게 삶이야. 바로 우리처럼 사는 게!……."

"아고!"

우크라이나 인이 머리를 떨었다.

"만약 삶이 우리에게 겨울에 가죽옷과 따뜻한 오두막을 제공하기만 한다면 완전히 귀족 같은 인생이지……."

그는 쓴웃음을 웃으며 한쪽 눈을 찡그리고는 까노발로프를 바라보았다.

"그래."

까노발로프는 당황해했다.

“겨울이 가장 꺼림칙한 시간이지. 겨울을 위해선 도시가 필요해……. 뭘 어떻게 하겠어……. 하지만 큰 도시들은 아무짝에도 쓸모가 없어……. 사람들은 둘 셋만 모여도 평화롭게 살지 못하면서 무엇 때문에 무더기로 모이는 거야? …… 내가 말하고 싶은 건 바로 이거야! 아무리 생각해도 도시에서든 초원에서든 사람에겐 장소가 없단 말이야. 그렇다면 이런 것에 대해선 생각하지 않는 편이 나아……. 아무것도 생각해 내지 못할 테니까 말이야. 영혼만 지치게 할 뿐이지…….”

나는 까노발로프가 방랑인의 삶으로부터 성숙했고, 우리가 처음 만났을 때의 그의 가슴속에 있었던 우울의 싹은 그가 이제껏 호흡한 자유로운 공기로 인해 껍질처럼 그로부터 날아가 버렸을 것이라고 생각했었다. 그러나 그가 한 마지막 말의 어조는 내가 알고 있었던 자신의 ‘견해’를 찾아다니던 바로 그로 정지시켜 놓았다. 삶에 대한 의혹의 독과 그것에 대한 생각의 독이 불행하게도 민감한 심장을 가지고 태어난 강한 몸뚱이를 붕괴시켰던 것이다. 이런 ‘명상하는 사람들’은 러시아에 많이 있었고, 그들은 모두 누구보다 불행했다. 왜냐하면 그들의 생각의 굴레가 그들의 이성의 눈을 멀게 했기 때문이다. 나는 안타까움으로 그를 응시했고, 그는 내 생각을 입증하듯 우울하게 소리쳤다.

“막심, 나는, 그 곳에서의 우리의 삶을 회상해 보았어……. 무슨 일이 있었나. 그 일이 있은 후 나는 많은 곳을 둘

러보았고, 많은 것을 보았어……. 하지만 지상에서 내가 안
주할 곳은 어디에도 없었어! 나는 내 자신의 자리를 찾지 못
한 거야!”

“그렇다면 넌 왜 어떤 멍에에도 맞지 않는 그런 목을 가지
고 태어난 거지?”

우크라이나 인은 불 속에서 끓는 차주전자를 꺼내며 냉정
하게 물었다.

“아니야, 너 내게 말해 줘…….”

까노발로프가 물었다.

“왜 나는 평온해질 수 없는 거지? 다른 사람들은 아무렇
지도 않게 잘 살고 있는데 말이야. 자기 할 일 하고, 아내도
있고, 자식들도 있고……. 그리고 그들에겐 언제나 무언가
를 하고자 하는 욕망이 있잖아. 그런데 나는 할 수 없어. 매
스꺼워. 왜 난 속이 거북하지?”

“여기 어떤 사람이 울고 있다고 해. 그걸 보고 너도 따라
울면 네 속이 편해질까?”

우크라이나 인이 놀라 말했다.

“맞아…….”

까노발로프가 슬프게 동의했다.

“난 언제나 많은 말을 하지 않아. 하지만 어떻게 말해야
하는지는 알지. 자신의 열병과 싸우는 데 지치지 않으면서
자신의 진실한 감정으로 말하는 거야.”

그는 기침하기 시작했고, 격렬하게 모닥불 주위를 헤엄치

까노발로프

며 발버둥치기 시작했다. 우리 주위는 모든 것이 짙은 어둠의 적막 속에 싸여 조용했다. 달이 아직 모습을 드러내지 않은 하늘은 어둡기만 했다. 바다는 우리가 눈으로 볼 수 있었던 때보다 더 잘 느낄 수 있었고, 우리 앞은 칠흑 같은 어둠에 휩싸여 있었다. 마치 땅 위에 검은 안개가 내린 것 같았다. 모닥불이 꺼졌다.

"이제, 우리 잡시다."

우크라이나 인이 제안했다.

우리는 굴 속으로 잠입해 들어가 구멍으로 머리만 밖으로 내놓은 채 누웠다. 침묵이 흘렀다. 까노발로프는 눕자마자 마치 돌처럼 굳어 버린 듯 미동도 하지 않았다. 우크라이나 인은 쉴 새 없이 몸을 뒤척였고, 계속 이빨을 부딪혔다. 나는 오랫동안 모닥불의 숯이 희미하게 타는 것을 바라보았다. 처음에는 환한 숯이 조금씩 사그라들며 재로 덮여 그 속에서 사라졌다. 그리고 곧 모닥불로부터 따뜻한 냄새 외에는 아무 것도 남지 않았다. 나는 모닥불을 바라보며 생각했다.

'저것도 우리와 같은 것이로구나……. 한번만이라도 환하게 타오를 수 있다면!'

……사흘 후, 나는 까노발로프와 작별 인사를 했다. 나는 꾸반으로 향했으나, 그는 그 곳을 원치 않았다. 우리는 다시 만나리라는 것을 확신하며 헤어졌다. 그러나 그렇게 되지 않았다…….

소녀와 죽음
─ 옛날 이야기 ─

1

전 장에서 돌아온 왕이 시골 마을을 지나가고 있었다.
말을 타고 가는 그의 사악한 마음은 괴롭기만 하다.
문득 풀섶 덤불 뒤에서 소녀의 깔깔거리는 웃음소리가 들
린다.
아마색 눈썹을 무섭게 찡그리며
왕은 말에 박차를 가했다.
질풍처럼 소녀에게로 날아가
갑옷을 쩔렁거리며 소리친다.

"너, 뭐야." 사나운 목소리가 울려 퍼진다.

"계집애, 왜 이를 드러내고 웃느냐?

나는 전쟁에서 패했다.

나의 전우들은 전사했고,

내 병사의 절반이 포로가 되었다.

나는 새 집으로, 새 전장으로 가는 중이다.

나——너의 황제인 나는 슬픔과 모욕에 빠져 있는데——

왜 내가 너의 경망스런 웃음을 보아야 하느냐?"

가벼운 스웨터를 가슴에 모으며

소녀는 왕에게 대답했다.

"저리 가세요. 저는 사랑하는 사람과 이야기하고 있답니
다!

황제시여, 여기서 물러서세요.

사랑에 빠진 저는 황제님께까지 마음 쓸 겨를이 없어요.

사랑은 가끔

더운 성당의 가는 촛불보다 빨리 타 버리는데

언제 황제님과 이야기할 시간이 있겠어요?"

왕은 분노에 온몸을 떨며

자신의 충성스런 부하에게 명령했다.

"저 계집아이를 감옥에 처넣어라.

아니, 지금 당장 죽여 버리는 게 낫겠다!"

귀하신 황제의 마부들은

출렁거리는 호밀을 한달음에 뛰넘으며

악마처럼 소녀에게 달려들어
소녀를 죽음의 손에 넘겨 버렸다.

2

죽음은 언제나 악마에게 복종했지만,
바로 이 날 그녀는 제정신이 아니었다.
봄이었고, 새싹의 사랑과 삶들이
심지어 죽음이라는 노파의 마음속에서도 싹을 피웠다.
한 세기 동안 썩은 고기들에 매달려 있는 것에 지루해졌
고,
그 속에서 여러 가지 질병들을 박멸하는 것에도 시큰둥해
졌다.
죽음의 시간을 재는 것도 지루하다.
그저 되는 대로 살고 싶다.
모든 인간은 그녀와의 피할 수 없는 만남 앞에서
단지 공포만을 느낀다.
그녀에게는 인간의 공포가 지겨워졌고,
장례식과 묘지들에 신물이 났다.
축복받지 못한 일들로 항상 바빠,
더럽고 병든 땅에서
그녀는 일을 능숙하게 해냈었다.

149
. . .
소녀와 죽음

사람들은 죽음을 불필요한 것이라 생각한다.
그러나 그것은 그녀에게는 모욕적이다.
인간들은 그녀를 증오하고,
죽음도 인간들을 증오하면서
때로는 그래야 하지 않을 인간들도 멸해 버린다.
악마나 사랑해 볼거나,
뜨거운 지옥의 자유를 숨쉬어 볼거나,
불에 타는 고수머리의 악마와
사랑의 고통을 흐느껴 볼거나!

3

소녀는 죽음 앞에서 무서운 일격을 기다리며
용감하게 서 있었다.
죽음이 중얼거린다——희생물을 가엾어한다.
"이렇게 새파란 처자가 무슨 일로!
거기서 왕에게 무슨 잘못을 범했느냐?
난 널 그것 때문에 죽이는 거란다!"
"화내지 마세요." 소녀가 대답했다.
"무엇 때문에 제게 화를 내시나요?
푸른 풀섶 뒤에서
처음으로 내 사랑이 제게 입맞추었어요.

이 순간 제게 황제가 무슨 상관인가요?

그런데, 황제는——불행히도——전장에서 도망치는 중이라구요.

그래서 제가 황제에게 이렇게 말했죠.

여기서 물러서세요, 황제시여!

잘했다고 생각했는데,

이렇게 되고 말았어요!

어쩌겠어요? 죽음으로부터는 아무 데로도 도망칠 수 없고,

이제 사랑도 다 해 보지 못하고 죽게 되나 봐요.

죽음할머니! 진심으로 부탁드려요——

한번만 더 입맞추게 해 주세요!"

이 말은 죽음에게 이상하게 들렸다.

죽음은 이런 것에 대해 한번도 부탁받은 적이 없었다!

그녀는 생각한다. '만약 인간들의 세상에서 입맞춤이 사라진다면

그 삭막한 세상을 어떻게 살 수 있을까?'

따사로운 봄 햇살 아래 뱀을 부른 죽음이 소녀에게 말한다.

"자, 그럼 입맞추려무나. 그런데 단 하나——서둘러야 한다!

네게 밤을 주고, 새벽에 네 목숨을 앗아 가겠다!"

그리고 바위 위에 앉아 기다린다.

뱀은 죽음이 들고 있는 큰 낫을 핥는다.
소녀는 행복에 흐느낀다.
죽음이 소녀에게 소리친다——"어서 가거라, 빨리!"

4

봄 햇살에 부드럽게 몸을 녹인 죽음은 꼭 낀 신발을 벗겨
냈고, 바위 위에 올라 잠이 들었다.
죽음은 불길한 꿈을 꾸었다!
그녀의 부모인 카인이 그의 증손자인 이스까리오뜨와 함께
두 마리의 뱀처럼 조용히
노쇠한 모습으로 산을 오르는 것 같았다.
"신이여!" 흐린 눈으로 하늘을 바라보며
카인이 음울하게 신음하고,
땅으로 고개를 떨군 채
악한 유다가 소리쳐 부른다. "신이여!"
산 정상의 불그레한 구름 속에 드러누워
신이 책을 읽고 있다.
별로 쓰여진 책
——은하수는 그 책의 한 페이지!
산꼭대기에는 대천사가
흰 손에 번개 다발을 들고 서 있다.

그는 나그네들에게 엄히 말한다.

"저리 멀리 가거라! 신께서는 너희를 만나 주시지 않을
것이다!"

"미하일!" 카인이 애원한다——.

"난 알아요. 세상 앞에 내 죄업이 크다는 것을!

난 밝은 세상에 살인자를 낳았고,

난 저주 받을 비굴한 죽음의 아비요!"

"미하일!" 유다가 말한다——.

"난 내 죄가 카인보다 크다는 것을 알아요.

그건, 난 비굴한 죽음을 배신했기 때문이죠.

태양처럼 빛나는 신의 가슴이여!"

그리고 둘은 목소리를 합쳐 외친다.

"미하일! 신께서 우리에게 단 한마디라도 하게 해 주시오.

꼭 한번만이라도 가엾게 여기시기를——.

우린 이제 용서를 기도하지는 않는다오!"

그들에게 대천사가 조용히 대답한다.

"세 번이나 난 이 얘길 신께 했다.

두 번이나 그는 아무 말도 하지 않았고,

세 번째, 머리를 젓고 말했지.

「알아 두거라. 죽음이 생명을 파괴하는 한

카인과 유다에게 용서는 없느니라.

누군가의 힘이 죽음을 영원히 잠재울 수 있다면

그에게 그들을 용서하게 하라.」"

· · ·
소녀와 죽음

그리하여 형제를 살인한 자와 배신자는
서로 부둥켜안고 산 밑 악취나는 늪을 곁눈질하며
슬프게 울부짖기 시작했다.
늪에서는 귀신과 악마들이 환희에 차 미친 듯 날뛰며 뛰쳐
나왔고,
카인과 유다에게 늪의 푸른 빛으로
멸시의 침을 뱉어 주었다.

5

죽음은 정오 무렵에 잠을 깼다.
살펴본다——그런데 소녀는 아직 오지 않았다!
죽음은 졸린 듯 중얼거린다——어디로 갔나, 부랑자!
밤이 짧게 느껴진다!
해바라기 한 송이 꺾어
냄새 맡고는 도취된 표정으로 바라본다.
사시나무 잎사귀, 황금색 금화
태양처럼 생생한 자신의 불꽃으로 금빛처럼 반짝인다.
그리곤 돌연, 태양을 바라보며 노래하기 시작한다.
가능한 한 조용히 콧노래로
"가혹한 손으로
사람들은 가까운 이를 죽이고,

그리곤 노랠 부르네.「성스러운 안식으로!」
난 아무것도 이해하지 못하겠어!
폭군은 사람들을 때리고, 내쫓고
그러다간 뒈져 버리지——그래도 그들 또한
이 노래와 함께 묻힌다네!
정직한 사람이 죽었든 도둑이든——
똑같은 슬픔으로
우울한 합창을 한다네.
「성스러운 안식으로!」
바보, 짐승, 인간쓰레기
나는 모두 내 손으로 처단하지.
하지만 모두를 위해 그들은 고집스레 노랠 부르지.
「성스러운 안식으로!」”

6

그녀는 노래를 마치곤 화를 내기 시작한다.
벌써 하루가 훨씬 넘게 지나갔다.
그러나 소녀는 돌아오지 않는다.
이건——나쁜 일이야. 죽음은 농담하지 않는다.
죽음은 점점 더 화가 치밀어 올라
신발을 신고 각반을 찬다.

· · ·
소녀와 죽음

그리곤 겨우 달밤을 기다려
가을 먹구름이 음산한 길을 간다.
한 시간이 지나,
어린 나무 숲속
이슬에 젖은 어린 개암나무 아래
달빛 속 매끄러운 풀 위
봄의 여신처럼 앉아 있는 소녀가 보인다.
이른봄의 헐벗은 땅처럼
소녀의 가슴은 부끄러움 없이 풀어 헤쳐져 있고,
비단 같은 사슴 피부 위엔
입맞춘 별자리가 환히 보인다.
두 개의 분홍빛 젖꼭지는 별처럼 가슴을 예쁘게 하고,
그리고——별처럼——눈은 짧게 하늘에 반짝이는 은하
수,
밤의 푸른 머릿결을 한 길을 바라본다.
눈 아래로는 하늘색 그림자가
상처 같고——입술은 촉촉하게 붉다.
그녀의 무릎에 머리를 올려놓고,
지친 사슴처럼 청년이 졸고 있다.
죽음은 바라본다. 분노의 불꽃은 조용히
그녀의 텅 빈 머릿속에서 사그라든다.
"애바, 너 거기서 뭐하는 게냐?
신으로부터 덤불 뒤로 숨어 버린 게냐?"

· · ·
고리끼

하늘 같은——달빛 받은 별 같은 몸으로
사랑하는 이를 죽음으로부터 가리며
처녀는 죽음에게 용감하게 대답한다.
"잠깐 기다려요, 절 욕하진 마세요!
큰 소리 내지 말아요. 가엾은 저이를 놀라게 하지 마세요.
날카로운 큰 낫으로 소리내지 마세요!
전 지금 가요. 묘지로 가 누울게요!
하지만 그는——저 멀리 있게 해 주세요!
시간 안에 가지 않은 건 제 잘못이에요.
죽음까진 멀지 않다고 생각했어요.
한 번만 더 저이를 안아 보게 해 주세요.
나와 함께 있는 것이 그에게는 아프도록 좋아요!
그리고 그는 얼마나 아름다운가요! 보세요.
이렇게 그가 내 볼과 가슴에
어떤 표시를 남겼는지.
아, 어쩌면 불꽃 같은 양귀비가 싹틀지도 몰라요!"
죽음은 부끄러워하며 웃기 시작했다.
"그래, 넌 마치 태양과 입맞춘 것 같구나.
하지만——넌 내게 있어 유일한 한 명이 아니란다.
난 천 명을 죽여야 한단 말이야!
난 정직하게 시간에 맞춰 일을 하지,
일은 많고, 난 이미 늙었어.
난 매 분을 소중히 여기지.

소녀와 죽음

자 준비하거라. 때가 되었단다.”
소녀는
사랑하는 이를 안는다.
“이제 더 이상 땅도 없고 하늘도 없답니다.
그리고 영혼은 신비한 힘으로 가득하죠.
그리고 영혼 속에선 신비한 빛이 타올라요.
운명 앞에 더 이상 공포도 없고,
신도 인간도 소용없어요!
마치 아이들처럼——자신의 기쁨으로 기뻐하고
사랑은 스스로에게 취해 버렸어요!”
죽음은 생각에 잠겨 침묵한 채
묵묵히 바라본다——소녀의 노래를 방해하지 않는다!
“태양보다 아름다운 것은——이 세상엔 없어요.
불빛은 없어요——기적 같은 사랑의 불빛보다 아름다운
불빛은.”

7

죽음은 침묵한다. 그리고 처녀의 노래는
질투의 불꽃으로 죽음의 낫에게 침을 뱉고,
당당히 그녀의 차가움과 뜨거움을 겨냥한다.
도대체 무엇이 죽음의 가슴에 평화를 등장하게 할까?

죽음은 어머니가 아니다. 하지만 죽음도 여자. 그러므로
그녀 속에도 강한 이성의 심장이 살아 있다.
죽음의 어두운 심장에도
동정과 분노와 슬픔의 싹들이 살아 있다.
그녀가 열렬히 사랑하게 될 사람에 대한
지독한 우울로 영혼 깊이 상처받은 사람에 대한
평온의 위대한 기쁨에 대해
그녀가 밤에 사랑스럽게 속삭였던 것처럼!
"자, 그럼." 죽음이 말했다. "기적을 만들어 보자꾸나!
네게 허락하마——그이와 함께 행복하게 살거라!
그러나 나는 항상 너와 함께 하겠다.
사랑 곁에 영원히!"
그 날 이후, 지금 이 순간에도
사랑과 죽음은 늘 자매처럼 공존한다.
사랑의 뒤를 죽음은 날카로운 낫을 들고,
뚜쟁이처럼 끌려다닌다.
자매의 마법에 걸린 채 걸어다닌다.
어느 곳이든——결혼식이든, 추도식이든——
끊임없이, 견고하게
사랑의 기쁨과 삶의 행복을 만든다.

· · ·
소녀와 죽음

매에 대한 노래

해변에서 한가롭게 숨쉬는 거대한 바다는 멀리 푸른 달빛에 감싸인 채 미동도 없이 잠들어 있었다. 부드러운 은빛 바다는 그 곳에서 푸른 남쪽 하늘과 이어졌고, 깃털무늬 구름을 비추며 누워 있었다. 그리고 하늘은 졸린 파도가 끊임없이 해변을 기어오르며 무엇을 속삭이는지 이해하려 애쓰는 듯 바다 밑으로 낮게 고개 드리운 채 귀 기울이고 있었다.

　기이하게 굽은 나무들로 뒤덮인 산들은 날카로운 손놀림으로 자신의 머리 위로 펼쳐진 푸른 하늘을 떠받치고 있어, 따뜻하고 부드러운 남부 지방의 밤안개를 뒤집어쓴 채 냉엄한 윤곽을 그려 내고 있었다.

산들은 오만한 모습으로 생각에 잠겨 있다. 한순간 산으로
부터 화려한 파도의 정점으로 그림자가 떨어졌고, 그 그림자
는 파도의 일정한 철썩임과 거품의 호흡을 정지시키려는 듯
그들을 감싼다. 그리고 달의 푸르스름한 은색 반짝임과 함께
비밀스런 적막을 깨뜨리는 모든 소음들은 산 정상 뒤로 몸을
숨긴다.

"아 − 알라 − 아흐 − 아 − 아크바르……!"

크림 지방의 늙은 양치기, 나디르 라김 오글리가 조용히
한숨을 내쉰다. 그는 큰 키에 백발, 남쪽 태양에 그을린 깡마
르고 현명한 노인이다.

나와 그는 산 그림자가 드리워진 모래 위 거대한 바위 곁
에 누워 있다. 바다로 향한 이 바위의 옆구리에는 파도가 던
져놓은 진흙과 해초가 걸려 있고, 그것들을 매달고 있는 바
위는 산과 바다를 분리하는 좁은 모래톱 지대와 연결되어 있
다. 우리가 피운 모닥불은 바위의 산 쪽 면을 비춘다. 산은
떨고 있고, 깊은 균열을 남기며 잘려져 나간 바위 사이로 그
림자들이 뛰어다닌다.

나와 라김은 방금 잡은 물고기로 수프를 끓였다. 우리는
둘 다 투명한 영감 속에 무엇이든 이해할 수 있는, 그리고 마
음이 한없이 깨끗하고 가벼워져 무언가에 대한 몽상 외엔 다
른 아무런 욕망도 없는 그런 기분에 사로잡혀 있다.

바다는 해변을 부드럽게 애무하고, 파도 소리는 그렇게 감
미로워 마치 그들이 모닥불 쪽으로 다가와 몸을 녹이고 싶다

매에 대한 노래

는 청을 하는 것 같다. 가끔씩 이런 조화 속에서 더 높고 장난기 있는 목소리가 들려 온다. 이것은 파도 중 용감한 놈이 우리에게로 더 가까이 기어온 것이다.

라김은 가슴을 모래에 대고 머리는 바다를 향한 채, 턱 괸 얼굴로 어두운 먼 곳을 응시하고 있다. 더부룩한 염소털 모자가 머리 뒤쪽으로 흘러내렸다. 바다로부터 신선한 바람이 그의 높은 이마에 파인 주름 사이로 불어 온다. 그는 내가 듣고 있는지 묻지 않은 채 마치 바다와 이야기하는 것처럼 심각한 표정으로 말한다.

"신을 믿는 사람은 천당으로 가지. 그렇다면 신이나 예언자를 추종하지 않는 사람은? 어쩌면 그는 바로 이 거품 속에 있을는지도……. 아니면 물 위 은색 반점, 어쩌면 그는 거기에……, 누가 알겠는가?"

사방으로 몸을 뒤척이는 바다는 수면 위를 맴도는 달빛으로 환해진다. 달은 이미 산의 더부룩한 정상을 헤엄쳐 나와 그와의 만남을 기다리는 바다와, 해변, 그리고 우리가 누워 있는 바위를 비춘다.

"라김! 옛날 이야기를 들려 줘요."

나는 노인에게 청한다.

"뭐 하러?"

라김은 나를 돌아보지 않은 채 묻는다.

"그냥! 난 당신의 옛날 이야기들을 좋아해요."

"난 네게 이미 모든 걸 얘기했어. 더 이상 아는 게 없어."

· · ·
고리끼

이건 내가 부탁하기를 바라는 말이다. 나는 다시 부탁한다.

"정 그렇다면 네게 노랠 하나 들려 줄까?" 라김이 동의한다.

나는 우울한 서곡으로 시작되는 옛 노래를 그 특유의 멜로디를 간직하려고 애쓰며 열심히 듣고 싶다. 그는 이야기한다.

1

"울창한 산허리를 돌아, 거기 축축한 골짜기 바다와의 만남이 있는 곳에 누웠다.

하늘 높이 태양이 빛나고, 산이 폭염의 하늘 속에 거친 숨을 내쉴 때, 파도는 바위에 부딪혀 산산이 흩어졌다……,

계곡을 따르는 급류는 어둠과 물보라 속에 돌을 우르릉거리며 바다와의 만남을 위해 돌진했다……,

온통 하얀 백발의 거품 속에서 급류는 성난 기세로 포효하며 산을 가로질러 바다로 떨어졌다……,

물살이 추락한 바로 그 골짜기로 갑자기 하늘로부터 찢어진 가슴을 안고 깃털에 피를 묻힌 매 한 마리가 떨어졌다……,

짧은 외마디 소리와 함께 그는 땅으로 떨어져 무력한 분노에 찬 가슴을 바위에 부딪혔다……,

급류는 놀라, 재빠르게 미끄러져 물러났지만 곧 새의 생명

매에 대한 노래

이 얼마 남지 않았음을 깨달았다……,

급류는 일그러진 매에게로 다가가 바로 그 눈에다 대고 쉬쉬 소리를 냈다.

「네게 최후의 순간이 온 거야.」

「그렇다!」매는 깊게 한숨 쉬며 대답했다.

「나는 영광스럽게 살았다!…… 나는 행복을 안다!…… 나는 용감하게 부딪쳤다!…… 나는 하늘을 보았다……. 넌 하늘을 그렇게 가까이에서 보지 못할 거야!…… 아, 너. 가엾은 너!」

「도대체 하늘이 뭐야? 텅 빈 곳일 뿐이지……. 거기서 내가 어떻게 기어다닐 수 있겠어? 난 여기가 좋아……, 따뜻하고 촉촉하지!」

그렇게 자유로운 매에게 대답하고 마음속으로 매의 환상에 대해 비웃었다.

그리곤 이렇게 생각했다. 「날거나 기거나 모두 끝은 분명하다. 모두 땅 속에 누워 먼지가 되는 것이지…….」

그러나 용감한 매는 갑자기 날개를 퍼득였고, 몸을 추스리며 골짜기를 따라 눈을 돌렸다. 바위 사이로 물이 방울져 떨어지고 있었고 어두운 계곡은 답답해 보였으며 썩은 냄새가 풍겨 왔다.

매는 온 힘을 모아 슬픔과 고통으로 소리쳤다.

「오, 한번만이라도 더 하늘을 날아오를 수 있다면……! 적의 가슴에 낸 상처에 고통을 주고, 그에게 내 피맛을 보게

할 수 있다면……! 오, 투쟁의 행복!」

그 때 급류는 생각했다. 「하늘에서 산다는 건 정말 좋은 일일 거야. 저렇게 신음한다 하더라도!…….」 그리고 그는 자유로운 매에게 제안했다.

「정 그렇다면 계곡 끝으로 가서 뛰어내려. 그러면 아마 네 날개는 움직일 것이고, 그럼 넌 조금이라도 너의 세상 속에서 더 살 수 있을 거야.」

자랑스레 소리친 매는 부르르 떨었고, 바위 옆으로 발톱을 미끄러뜨려 낭떠러지로 향했다.

그는 다가가 날개를 쭉 펴고 온 가슴으로 깊은 숨을 내쉰 후 눈을 반짝였다. 그리곤 아래로 굴러 떨어졌다.

그는 마치 바위처럼 절벽을 따라 미끄러지며, 날개를 부러뜨리고, 깃털을 잃으며 빠르게 추락했다…….

급류의 파도는 그를 낚아채 피를 닦아 내고 거품으로 옷입혀 바다로 빠르게 운반해 갔다.

그리고 바다 파도의 슬픈 포효로 바위에 부딪혔다……,

얼마 후 매의 주검은 바닷속에 보이지 않았다…….

2

급류는 계곡에 누워 오랫동안 매의 죽음과 하늘을 향한 열정에 대해 생각했다.

매에 대한 노래

그리고는 행복에 대한 열망으로 눈동자를 고정시킨 채 깊은 심연을 응시했다.

「죽어 가는 매, 나날도 없고 끝도 없는 황량한 그 곳에서 그는 무엇을 보았을까?

무엇 때문에 그처럼 죽어 가는 것들이 창공으로의 비행에 대한 열망으로 자신의 영혼을 괴롭히는 것일까? 그 곳에선 그들에게 무엇이 그토록 분명한 것일까? 만약 내가 잠시라도 하늘을 날 수 있다면 알 수 있으리라.」

급류는 그렇게 생각하고 비행을 시도해 보았다. 하지만 동 그렇게 원을 그리고 제자리로 돌아온 그는 공기 중으로 뛰어 올랐지만 좁은 리본처럼 잠시 햇빛에 반짝였을 뿐이었다.

기어다니도록 태어난 것은 날 수 없으리라!…… 이것을 잊은 그는 바위 위로 떨어졌지만 죽지 않고 미소 지을 뿐이었다.

「이게 바로 하늘을 향한 비행의 매력이련가! ——추락! …… 우스운 새들! 땅을 알지 못하고, 땅에 대해 우울해하면서 그들은 하늘을 향해 높이 돌진하고, 혹서의 황무지에서 삶을 찾는다. 그 곳은 텅 비었을 뿐이다. 그 곳엔 빛이 있을 뿐 그들의 산 몸뚱이를 위한 식량은 없다. 왜 자랑스러움을 갖는가? 왜 질책하는가? 우스운 새들……. 하지만 이제 그들의 말은 더 이상 날 속일 수 없다! 난 모든 것을 안다! 나는 하늘을 보았다……, 나는 하늘을 향해 날아올랐고, 그것의 크기를 어림잡았으며 추락을 경험했다. 하지만 깨어져 죽지 않고, 더 깊게 나 자신을 믿을 뿐이다. 땅을 사랑할 수 없는 자들은 기만 속에 사는 것이다. 나는 진실을 안다. 그리고 그들의 호소를 나는 믿지 않을 것이다. 땅의 피조물——나는 땅에서 산다.」

그리곤 그는 자신을 자랑스러워하며 바위 위에서 몸을 동그랗게 만들었다.

바다는 반짝였고, 모든 것은 환한 세상에 있다. 거센 파도가 해변에 와 부딪혔다.

그들의 사자 같은 포효 속에 자랑스런 새들의 노래가 으르렁거렸고, 그 충격으로 절벽이 떨었고, 위협적인 노래에 하늘이 전율했다.

용감한 자들의 용맹에 우리는 영광을 노래한다!

용감한 자들의 무모한 용맹——그것은 인생의 지혜이다! 오, 용감한 매여! 적과의 싸움에서 너는 피를 흘렸다. 하지만 때가 올 것이다. 네 뜨거운 핏방울은 불꽃처럼 삶의 어둠에서 빛날 것이며, 많은 용감한 심장들이 자유와 빛에 대한 무모한 욕망으로 불탈 것이다!

추락, 그리고 너는 죽었다!…… 그러나 너는 용감하고 강한 노래 속에 언제나 살아 자유와 빛을 향한 자랑스런 부름이 될 것이다!

용감한 자들의 무모한 용맹을 우리는 노래한다……!"

……오팔색의 바다 저 먼 곳은 침묵하고, 리듬 있는 파도

매에 대한 노래

는 모래 위에 철썩인다. 그리고 나는 바다의 먼 곳을 응시한 채 침묵한다. 물 위에는 달빛을 받은 은색 반점이 더욱 많아진다……. 주전자가 조용히 끓기 시작한다. 파도가 장난기 서린 모습으로 해변으로 달려와 소음을 일으키며 라김의 머리까지 기어간다.

"어디로 오는 게냐……? 저리 가거라!"

라김은 파도를 향해 손을 흔들고, 파도는 고분고분 되돌아간다. 내겐 영감을 주는 라김의 행동이 조금도 우습거나 무섭지 않다. 주위의 모든 것들이 이상하리만큼 부드럽고, 생생하고, 상냥해 보인다. 바다는 그렇게 거대하고 고요하며, 아직 낮의 폭염이 가시지 않은 산으로 향하는 그들의 물결 속에서 불끈 솟는 힘이 느껴진다.

어둡고 푸른 빛의 하늘을 따라 별들은, 장엄하고 영혼을 매혹시키며 이성을 깨우는 그 무언가를 금색 무늬로 장식하고 있다.

모든 것이 존다. 하지만 그 졸음은 긴장 속의 민감한 졸음, 마치 다음 한순간 날개를 퍼덕이며 형용할 수 없이 조화로운 하모니를 이룰 것만 같다. 이 소리들이 세계의 비밀을 말해주고, 그것들을 이성으로 설명해 주고, 그리곤 이성을 투명한 불빛처럼 꺼뜨릴 것이며 영혼을 어둡고 푸른 심연 속으로 유혹할 것이다. 그리고 그 곳으로부터 영혼을 맞이할 별들의 전율하는 무늬 또한 발견의 기묘한 음악을 울릴 것이다.

막심 고리끼 연보

1868 니즈니 노브고로드 출생. 본명은 알렉세이 막시모비치 뼤
    슈꼬프.

1871 가구공이었던 부친 사망.

1879 모친 사망. 고아가 되어 조부에게 넘겨짐. 이 때부터 갖가
    지 직업을 거치며 스스로의 삶을 살게 됨.

1886 까잔에 있는 빵공장에서 일하며 마르크스주의자들과 접촉.
    러시아 전역을 걸어서 여행하는 긴 여정을 떠남.

1892 여정이 끝나는 찌플리스에서 처녀작「집시 마까르 추드
    라」발표. 니즈니 노브고로드로 돌아와 문학 수업 시작.
    1892　첫 중편「불행한 빠벨」발표.

1898 「수필과 단편들」전 2권 출간. 문학적 명성을 얻음.

1999 「포마 고르제예프」발표. 체호프, 부닌 등 유명 작가와
    접촉.

1900 소설「세 사람」발표.

1901 희곡「속물들」발표.

1902 희곡「밑바닥에서」발표.
    일편의 비판적 리얼리즘 작품들 발표.

1905 혁명 당시 체포됨.

1906 공산당의 결정에 의해 해외로 혁명을 알리기 위해 비밀리
    에 러시아를 떠남. 미국에서「어머니」집필 시작.

1907 「어머니」발표. 잡지『러시아 사상』에서 어머니에 대한 논

쟁——미학적, 예술적 측면에서의 단점을 지적한 "고리
끼의 종말"이라는 기사와 작품의 사상적, 내용적 측면의
장점을 칭찬한 비평가들 사이의 열띤 논쟁.

1906　이탈리아 카프리에서 작품 활동. 레닌과 친교, 카프리 학
교를 세워 혁명가들을 교육. 중편 「여름」(1909), 소설
「마뜨베이 꼬제먀긴의 생애」(1910-1911), 「이탈리아 이
야기」(1911-1913) 등 집필.

1913　뻬쩨르부르그로 돌아옴. 「어린 시절」, 「사람 속으로」 발
표.

1917　『새로운 삶』이라는 신문에서 편집인으로 활동. "시대착
오적 사상"이라는 볼셰비키에 반대하는 기사 발표. 혁명
과정에서 일어나는 테러에 반대.

1918　노동자 농민대학 창설. 세계문학 출판사에서 발행인으로
활동.

1921　건강 악화로 요양차 해외로 떠남. 독일, 체코를 거쳐 이탈
리아에서 요양. 「나의 대학」, 「끌림 쌈긴의 생애」 집필
시작.

1924　똘스또이, 체호프 등의 작가들에 대한 회고록 집필.

1931　영구 귀국. 「끌림 쌈긴의 생애」(1932), 희곡「예고르 불
리초프와 다른 사람들」(1932) 등 집필.

1936　모스크바 근교에서 생을 마감.

역자후기

고리끼 하면 무엇보다 그의 소설 「어머니」가 떠오른다. 그만큼 그는 소설 「어머니」가 주는 이미지대로 사회주의 리얼리즘의 기수로 독자들의 뇌리에 깊이 박혀 있다. 하지만 고리끼 자신은 그의 작품 「어머니」를 별로 좋아하지 않았던 것으로 알려져 있다. 그리고 러시아 문단에서도 「어머니」라는 작품의 발표를 고리끼의 종말이라고 평했던 일련의 작가들이 있다.

고리끼의 작품 세계는 크게 세 시기로 구분된다. 그가 작품 활동을 시작한 1891년부터 1898년까지의 낭만주의 시기, 1900년부터 1905년까지의 비판적 리얼리즘 시기, 그리고 1906년 「어머니」의 발표를 필두로 시작되는 사회주의 리얼리즘 시기.

이 책에 소개된 작품들은 「소녀와 죽음」을 제외하고는 모두 낭만주의적 시기에 속하는 작품들이다. 이 작품들은 고리끼가 짊어지고 있는 '사회주의 리얼리즘의 기수'라는 너무도 큰 멍에로 인하여 제대로 평가받고 있지 못하다. 하지만 이 작품들은 러시아와 세계 낭만주의 문학의 전통을 계승하고 있으며 그 속에서 인간의 끝없는 가능성과 자유, 사랑에의 희구를 담고 있다.

고리끼는 열 살의 어린 나이에 고아로 남겨져, 그가 받은 정규 교육이라고는 3년의 초등학교 교육이 전부였다. 어린 시절부터 사람들 속에서 직접 몸을 부대끼며 삶의 모든 것을 체득한 고리끼는 생애를 통틀어 19개의 직업을 가졌을 정도로 삶에 있어 많은 것을 체험했다. 하지만 그의 체험은 이것으로 끝나지 않았다. 그는 광활한 러시아 땅을 도보로 여행했다. 그가 여행하며 만난 각 지역의 사람들, 그 지방의 전설들, 이 모든 것들은 그의 작품들의 살아 있는 소재가 되었고, 고리끼 삶의 철학적 밑바탕이 되었다. 고리끼가 여행이 끝나는 찌플리스에 도착했을 때, 그는 어떤 이에게 여행중 겪었던 일들에 대한 이야기를 들려 주게 되었고, 그 때 이 우연한 지기는 고리끼를 골방에 가두고는 빵 한 덩이와 우유 한통을 넣어 주고 글을 쓸 것을 강요했다고 한다. 이렇게 어처구니없는 상황 속에서 고리끼는 글을 쓰게 되었고, 그렇게 탄생한 작품이 그의 처녀작인 「집시 마까르 추드라」였다.

고리끼의 언어는 진솔하고 강렬하다. 가끔씩 그의 정규 교육 부족으로 인한 묘사의 장황함이나 같은 표현의 반복들이 그의 초기 작품들 속에 드러나기도 하지만, 이런 단점들은 그의 언어가 지니는 진솔함 속에 많은 부분 가려진다. 그리고 그의 솔직하면서도 단순한 언어는 독자들을 흡입하는 힘을 지니고 있어, 독자들로 하여금 그의 인생 철학에 대해 다시 한 번 생각하게 한다.

· · ·
고리끼

　　그는 그 무엇으로도 구속할 수 없는 자유, 인간의 존엄성을 가장 중요한 삶의 가치로 여겼으며, 이러한 그의 철학은 그의 모든 작품의 근저를 이룬다. 그리하여 고리끼는 그가 환영해 마지 않았던 혁명에 대해서조차, 혁명이 그 과정 속에서 너무 많은 희생을 동반한다고 판단했을 때, "시대 착오적인 사상"이라는 기사로 과감히 레닌과의 논쟁에도 나설 수 있었던 것이다.

　　고리끼는 작품 「어머니」로 인해 치명적으로 평가절하되고 있다. 그의 작품의 자유 분방함, 진솔함, 그리고 언어의 강렬함, 이 모든 것들이 가장 잘 드러나 있는 그의 초기 낭만주의적 작품들을 통해 국내 독자들이 고리끼라는 작가를 전혀 새로운 느낌으로 만날 수 있게 되기를 바란다.

　　끝으로 작품 선정과 번역에 많은 도움을 주신 학교 문학부 선생님들께 깊이 감사드린다.

96. 1. 눈 내리는 아침, 모스크바에서 안정범

안정범

충남 천안 출생으로 한성대 국문학과를 졸업해
현재 모스크바 뿌쉬킨 대학에서 문학수업중.

BESTSELLER WORLDBOOK 51

소녀와 죽음

펴낸날 ㅣ 1996년 11월 20일 초판 1쇄
　　　　 2012년 3월 30일 초판 8쇄

지은이 ㅣ 막심 고리끼
옮긴이 ㅣ 안정범
펴낸이 ㅣ 이태권
펴낸곳 ㅣ (주)태일소담
　　　　 서울시 성북구 성북동 178-2 (우)136-020
　　　　 전화 ㅣ 745-8566~7 팩스 ㅣ 747-3238
　　　　 e-mail ㅣ sodam@dreamsodam.co.kr
　　　　 등록번호 ㅣ 제2-42호(1979년 11월 14일)
　　　　 홈페이지 ㅣ www.dreamsodam.co.kr

ISBN 89-7381-205-X 00890

● 책값은 뒤표지에 있습니다.
● 잘못된 책은 구입하신 곳에서 교환해드립니다.